Et si l'aube nous appartenait

Publishroom
www.publishroom.com

ISBN : 979-10-236-0482-5

Cendrine Roca

Et si l'aube nous appartenait

TOME I

publishroom

A Didi . Comme promis.
C'est sur tes plages que l'aventure a commencé.

Tu m'as souvent houspillé, le nez sans cesse niché dans mes écrits. Voilà le résultat et il t'est dédié...

Préambule

– Aie ! Tu veux me crever un œil ou quoi ?!

Je pars dans un fou rire et Clarisse me suit instantanément.

– Je m'assure que ce soir, ce sera moi la plus belle, je réponds en ricanant.

– Connasse ! T'as pas besoin de ça ! Laisse-moi une chance de tirer un coup ce soir.

Clarisse tamponne délicatement les traces de mascara qui s'écoulent de ses yeux larmoyants.

Je tentais de lui tracer un trait d'eye-liner afin d'accentuer son regard déjà profond mais dans un instant de maladresse la pointe a ripé. Nous nous préparons pour sortir. Nous nous accordons régulièrement une sortie en trio, à nous défouler sur le *dance-floor*. Franck vient toujours se greffer plus tard, évitant sagement nos heures de pomponnage intensif. Il préfère arriver au moment le plus intéressant selon son point de vue masculin : le passage à table. Le rite est toujours le même. Clarisse débarque à la maison, munie de sa tenue minutieusement sélectionnée. Après avoir macéré à tour de rôle dans un bain gorgé d'huiles essentielles sur un fond de musique, nous faisons place aux bavardages autour d'un buffet. C'est à cet instant-là que Franck nous rejoint après avoir réceptionné notre SMS.

– C'est bon, arrive !

Élégant et distingué, la coiffure travaillée au gel, baignant dans les effluves d'une eau de toilette de qualité. Muni de son plus beau sourire, il arrive toujours avec une petite attention.

– Tiens mon ange, parfait pour ton régime!

Je fais la moue, mais cette gentillesse me touche à chaque fois. Il me tend une petite boîte argentée fermée par un joli nœud noir avec l'inscription: « délice au nougat ».

– Tu sais que je t'aime, toi!

Je m'accroche à son cou et lui dépose un gros bisou sonore sur la joue.

Pour Clarisse ce soir, c'est gourmandise au miel.

Je ne comprends pas les raisons de son célibat. Séduisant avec sa peau mate, son regard noir paré de longs cils, un sourire irrésistible bordé de magnifiques dents blanches, des épaules larges et un corps élancé. Toujours d'humeur égale, calme et charismatique, il incarne le mec idéal. Il a été marié quelques années auparavant de manière très brève. Un coup de foudre qui a rapidement tourné au désastre. Depuis il enchaîne les coups d'un soir ou les relations à durée limitée. Il répète souvent que sa belle viendra, « suffit juste d'être patient et de profiter en attendant ». Franck est « Ma Copine ». Je peux aborder avec lui n'importe quel sujet de façon très naturelle, sans gêne ni tabou. Ses visions des choses me sont précieuses et je tiens souvent compte de son avis. Je l'ai rencontré un soir de solitude sur un tchat. Presque aussitôt nous avons accroché. Nous avons passé d'innombrables soirées à discuter derrière nos écrans respectifs puis nous avons échangé nos numéros. Nous nous contactions jour et nuit pour des raisons parfois futiles. Tout devenait matière à discuter. Et enfin, nous nous sommes rencontrés dans un café près de chez moi. Franck est le genre d'homme respectueux qui ne s'est jamais permis de dégainer la panoplie du mec lourd prêt à tout pour me mettre dans son lit. Il a fait preuve d'une grande compréhension quant à ma fragilité du moment. Une réelle et profonde amitié s'est construite et une complicité hors pair. Puis j'ai présenté Franck à Clarisse et un clan s'est formé. Notre clan.

– Bon allez, on attaque, j'ai la dalle ! lance Franck déjà attablé et la bouche pleine.

J'ai préparé un buffet varié et l'ai déposé joliment sur la table : diverses salades de crudités, œufs mimosa au thon et chair de crabe, mini tielles sétoises, portions de quiches et pizzas et le péché mignon de Franck : olives vertes à la mimolette et herbes de Provence. De quoi nourrir un régiment au complet. Ce soir c'est Clarisse qui a assuré le vin : un cru dont le nom ne m'évoque pas grand-chose, mais elle a l'air fière de sa bouteille. Elle semble souvent désolée pour moi de ne pas consommer et apprécier le vin et l'alcool dans son ensemble.

– Tu sais pas ce que tu rates ! me répète-t-elle régulièrement.

– Beurk ! je réponds en grimaçant.

Pour clore le repas, quelques douceurs indispensables. Ce soir, c'est mignardises et macarons. En picorant des calories, nous refaisons le monde, nous confiant mutuellement nos petites histoires du moment, nos espoirs et désillusions. Parfois, la discussion prend aussi une dimension plus légère et nous nous plaisons à égratigner nos connaissances ou collègues de travail. Ce sont nos moments *langue de pute*. Des ricanements crapuleux font écho à notre sournoiserie. Dans ces moments-là, nous avons de nouveau quinze ans.

Clarisse est mon amie de toujours. Nous nous connaissons depuis l'adolescence. Les bancs du Lycée nous ont réunies et nos chemins ne se sont plus séparés. Je la kiffe. Elle est mon âme sœur au féminin. Notre amitié si précieuse est un réel repère. Clarisse est belle et intelligente. J'envie souvent sa nonchalance, son assurance et son sens de l'humour. Elle est à l'aise dans n'importe quel domaine. Du haut de son mètre soixante elle assume parfaitement ses rondeurs, ce qui la rend sexy et attrayante. Nous sommes de tempéraments complètement opposés, pourtant nous nous complétons à merveille. Nous n'avons pas besoin de communiquer pour nous comprendre, un simple regard est suffisant. C'est avec elle et auprès d'elle que j'ai grandi, puis mûri. À l'aube de nos quarante ans, nous nous connaissons mutuellement par cœur. Curieusement, nos parcours ont été souvent similaires. Des vies amoureuses chaotiques auprès de mecs instables. Nos fils respectifs conçus dans l'amour mais l'amour vache. Celui qui malmène, qui use et dévaste. Puis LA rencontre, celle qui apaise, berce d'un bonheur unique auprès d'un homme unique. Nous nous sommes mariées à un mois d'intervalle. Un point commun de plus sur la liste. Des années de sérénité ponctuées parfois de petites mésaventures mais nous tenions fermement notre revanche : nous étions devenues des dames avec une belle bague à l'annulaire qui brille. Une maison pour abriter notre bonheur et de bons jobs pour nous assurer une vie confortable. Nos enfants grandissaient enfin au sein d'une famille, recomposée certes, mais rassurante de par sa stabilité. Mais parfois, la vie vient reprendre ce qu'elle a offert. J'ai perdu mon mari dans un tragique accident de la route, un après-midi d'été. Mon monde s'est écroulé tel un château de cartes sur un simple appel, et une partie de moi s'est éteinte avec lui, ce jour-là. La douleur m'a d'abord terrassée, puis le manque de lui progressivement détruite. J'ai perdu le soleil qui illuminait mon quotidien. Je cherchais en vain ses bras dans cet épais brouillard dans lequel désormais j'évoluais. Malgré tout l'amour et le soutien de mes proches, je me sentais désespérément seule, bercée par le désespoir. J'étais veuve à trente-huit ans et à trente-huit ans j'étais devenue une loque, habitée par le néant. Plus rien n'avait de sens. Un jour, comme une évidence, j'ai confié mon fils à ma mère et j'ai quitté la France. C'était là l'étape nécessaire afin de me retrouver loin des attentes de tous. C'est à New York que j'ai trouvé exil. Marchant sur les pas tracés quelques années auparavant au bras de mon mari lors d'un séjour entre amis. J'ai adoré cet univers décalé et il m'a rappelé à lui au moment où j'allais le plus mal. C'est dans les rues de Manhattan, éloignée de mon monde que je ne parvenais plus à assumer, bercée par la solitude, que j'ai repris progressivement vie. J'ai appris le quotidien sans lui et à vivre malgré son absence. Une grande page s'est alors tournée et une nouvelle Alexandrine est née. À mon retour, j'ai plaqué mon travail dans le social et j'ai vendu notre maison qui abrite désormais un autre bonheur. J'ai acheté un appartement dans la périphérie Lyonnaise et rassemblé le reste de mes économies pour m'offrir une boutique de prêt-à-porter féminin. Dans la foulée, mon fils s'est installé avec sa compagne à quelques pâtés de maison. C'est seule que j'affrontais ma nouvelle vie. De son côté, Clarisse a divorcé. Mon histoire a déclenché en elle une fulgurante envie de vivre sans concessions ni contraintes.

– Putain, t'as dû le payer un bras celui-là ! s'exclame Franck en contemplant la bouteille de vin qui trône au centre de la table.

Avec un clin d'œil, Clarisse lui répond que c'est le cadeau d'un client.

– T'es louche toi, tu leur fais quoi à tes clients ? ironise-t-il.

– J'ai réussi à dénicher une édition rarissime à un client régulier. Ça m'a pris du temps, de l'énergie mais je lui ai dégoté un vendeur et il a fait une bonne affaire. Il tenait à me remercier.

Clarisse détient une librairie et elle est imparable en matière de littérature Française et Étrangère. Avoir une amie libraire est franchement utile. J'obtiens les romans en avant-première et ma lecture ne me coûte pas un rond. Et j'adore arpenter les allées de son magasin, respirer l'odeur si particulière des éditions, dans cette atmosphère calme et sereine, en quête d'une nouvelle aventure à découvrir. Avec la sensation d'évoluer dans une autre dimension ou le temps n'existe plus. J'y flânerais des heures durant.

– Et toi, tout va bien au boulot ? je demande à Franck qui se goinfre d'olives.

– Putain, elles sont bonnes ! J'ai bien fait de passer deux heures à la salle aujourd'hui pour anticiper les calories que j'ingurgite ce soir.

Je souris, fière de le contenter.

– Ouais le taf ça va plutôt bien. J'ai décroché pas mal de nouveaux contrats et vais me faire de bonnes primes. C'est cool.

Franck est commercial pour la grande marque de soda américaine Coca-Cola. Ce travail lui demande d'être sans cesse en déplacement, mais il aime voir du pays. Et cette aisance avec laquelle il dialogue, ce charisme qu'il dégage correspond tout à fait à la profession. De plus son physique agréable et attirant est sûrement une option non négligeable. Qui cracherait sur le fait d'être baratiné des heures par un beau gosse ? Du coup, c'est encore un avantage pour moi, soda à l'œil ! Et c'est mon fils qui est content. Décidément, je sais choisir mes amis.

– Bon, on va où ? Au *Private* ? questionne Franck. Je vais être franc, la serveuse me plaît.

Le *Private* est un club au centre de Lyon à l'ambiance cosy et sympathique. Il accueille en grande partie une clientèle trentenaire/quadra. Un brin nostalgique, la musique est régulièrement tirée des tubes des années quatre-vingt et quatre-vingt-dix, jusqu'à notre époque.

Clarisse et moi acquiesçons de la tête.

– Comme d'hab, je fais Sam et si vous emballez, vous prévenez avant de disparaître, je lance en picorant un morceau de pizza.

– Et toi, jamais t'emballes ? T'en as pas marre de ton vibro ? ironise Clarisse en se servant de la salade.

– Putain, tu m'étonnes.

Je soupire.

– La chair fraîche me manque. C'est quand même plus vibrant.

– C'est le cas de le dire ! s'exclame Franck dans un rire moqueur.

Clarisse ne reste pas en reste et le suit immédiatement.

– Pff! Bande d'ordures!

J'aurais pu être gênée ou vexée de constater que mon intimité soit source de moquerie mais je ris avec eux de leur cynisme. Le sexe n'est nullement un sujet tabou entre nous, et la dérision régulière au sein de notre clan.

– C'est vrai que mes ustensiles me permettent d'apaiser certaines ardeurs mais le contact de la chair… Qui sait, peut-être que ce soir je vais faire LA RENCONTRE qui me permettra de renouer avec le 7e ciel! Parce que là, je suis à moins douze…

J'ironise sur mon triste sort qui n'est autre qu'une vérité maquillée. La perspective d'une éventuelle sexualité me chatouille le bas-ventre.

– Oh, ma pauvre petite frustrée, si tu continues je vais me sacrifier, lance Franck avec un sourire enjôleur.

– Te sacrifier?! Merci! Je me pensais encore un peu bonnasse…

Franck se lève et m'entoure de ses bras en déposant un doux baiser sur ma joue.

– Si nous n'étions pas amis, je t'aurais déjà pécho, crois-moi, chuchote-t-il à mon oreille.

Ses bras chaleureux m'enveloppent et je m'y sens tellement bien tandis que Clarisse nous contemple, léchant ses doigts pleins de mayonnaise. Ces instants que nous partageons sont du bonheur à l'état brut et j'aime entendre leurs rires ricocher sur les murs de l'appartement. Mon intérieur est épuré, sobre et moderne. Des nuances de gris habillent les murs entourant des meubles noirs. Aucun bibelot ni aucune photo, seule une multitude de plantes vertes tapissent les murs, courent sur les meubles, dégringolent du plafond dans chaque pièce.

Le dîner achevé, je file dans ma chambre avec Clarisse pour enfiler nos tenues, laissant Franck débarrasser la table et charger le lave-vaisselle. Chacun sa mission.

– Alors la noire ou la noire? me taquine Franck, parlant fort afin que je l'entende de la chambre.

– J'hésite, je réponds en souriant.

– A priori, ce sera la noire, enchérit Clarisse en enfilant un top doré sur un slim noir huilé.

Elle est sublime. Cette teinte fait ressortir harmonieusement le vert de ses yeux et la blondeur de sa chevelure épaisse.

Ils ne risquent pas de se tromper. Je suis toujours vêtue de noir. Je ne peux m'en détacher. J'endosse cette teinte comme une couleur invisible, me noyant dans la masse. Avec elle, il n'y a que le denim qui trouve grâce à mes yeux. J'enfile à mon tour une jolie robe pull Guess noire et ample, que je ceinture aux hanches. Une paire de collants voile et des boots montantes de la même griffe que je viens de m'offrir. Le look est tendance et confortable. Parfait pour tortiller des miches sur la piste. Dernier passage par la salle de bains pour un brossage de dents intensif, une brume de parfum et j'accroche de gros anneaux argent à mes oreilles.

Nous sommes fin prêtes et rejoignons Franck installé devant la TV, pianotant sur son téléphone portable. Il lève les yeux.

– Wouah! s'exclame-t-il. Une bombasse à chaque bras, je suis chanceux.

Je rougis légèrement à ce compliment tandis que Clarisse tourne sur elle-même afin de bien exposer toutes les facettes de son élégance. Je m'assois à côté de Franck, pose ma tête sur son épaule et m'accroche à son bras, regardant Clarisse faire l'idiote et se trémousser telle une gamine de quinze ans. Je ris de toutes mes dents, savourant l'instant de légèreté.

– Me brosse les dents et on décolle, me dit Franck en embrassant mon front.

*

Nous arrivons au *Private* aux alentours des vingt-trois heures trente. L'automne est arrivé avec le mois d'octobre. La nuit est fraîche mais claire. La lune rayonne sur la Saône et forme de fins pans argentés qui zigzaguent lentement au gré du courant. Les quais sont animés comme toujours et j'entends au loin des éclats de rire.

– Putain, ça caille, lance Clarisse en resserrant son écharpe autour de son cou.

Nous marchons d'un pas rapide afin d'échapper au froid, après avoir tourné une vingtaine de minutes pour trouver une place où me garer. Enfin, nous commençons à discerner les basses du *Private* qui résonnent à chaque ouverture de porte.

– Bonsoir.

Le videur ouvre la porte sans oublier de mater au passage le cul de Clarisse moulé dans son slim et mes jambes dénudées.

– Merci Jimmy, répond Franck en lui serrant la main.

L'homme hoche la tête dans un sourire poli.

Nous nous dirigeons vers la caisse, comme régulièrement l'entrée est gratuite pour les filles.

– Salut mon petit Franck !

Une des filles sort de son box et fait claquer une bise sur chacune de ses joues en l'enlaçant.

– Salut ma belle ! répond Franck en dégainant son sourire craquant. Ravi de te revoir.

– Je sais pourquoi tu es là toi, j'ai eu des échos.

– Hum, possible.

L'air audacieux que prend Franck ne laisse aucun doute sur ses intentions. Cette petite serveuse lui plaît vraiment.

– Bonjour Mesdemoiselles.

Mademoiselle ?! Il y a bien longtemps que l'on ne m'a pas nommée ainsi. Je bats des cils sous la flatterie. La femme s'approche de Clarisse et moi et nous bise chaleureusement.

– Les filles, je vous présente Mona, la maîtresse des lieux. Mona, voici Clarisse et Alexandrine, mes deux petits anges.

– Toujours le même toi ! pouffe la dame. Alexandrine ? Comme c'est original, j'adore ! lance-t-elle se tournant vers moi. Une fan de Clo-clo se cache là-dessous.

– Tout juste, je réponds. Avec une touche perso de ma maman.

À chaque déclinaison de mon prénom, la réaction est la même avec le lien d'une chanson connue de Claude François.

Mona est une femme élégante d'une bonne cinquantaine d'années. Une masse épaisse de cheveux roux est remontée en chignon improvisé et elle porte un magnifique tailleur sur des talons à semelle rouge de douze centimètres au moins. Un maquillage subtil et des lèvres rouges assorties à sa manucure.

– Y a un moment que je ne t'ai pas revue ici, que nous vaut le plaisir de ta présence ce soir ? interroge Franck.

– Une de mes petites est malade, j'ai donc repris du service pour la soirée. Mais tout ça n'est plus de mon âge, mon petit Franck.

Elle lui caresse la joue dans un geste amical. Ils semblent bien se connaître et Franck, noctambule à ses heures, est un habitué des lieux.

– Mona… le temps ne passe pas sur toi.

Franck attrape sa main et y dépose un baiser chaste. *Oh, quelle délicatesse*, je songe intérieurement.

– Va donc dragouiller la petite serveuse, Don Juan ! ricane Mona. Ce soir vous êtes mes invités et je m'occupe de votre table. Bonne soirée les filles !

Elle réintègre son box en nous envoyant un baiser et décroche son téléphone alors que nous la saluons dans un remerciement. Franck ouvre la porte battante et la musique résonne contre les murs. Un homme s'approche immédiatement de nous.

– Salut ! Charlie à votre service. Franck ?! Suivez-moi je vous prie.

Nous emboîtons le pas au jeune homme et traversons la piste par le côté. Nous montons quelques marches et Charlie décroche la cordelette qui ferme le carré VIP. Nous nous installons sur les banquettes confortables entourant une table basse en verre.

– Qu'est-ce que Mona vous offre ce soir ?

Roo-lala, la totale, je me sens comme une star ce soir !

Franck nous interroge du regard, fier de sa notoriété du moment. J'opte pour un Gini, bien que je ne sois pas fan de soda, mais commander un verre d'eau en boîte, ça ne le fera pas.

– Gin-orange pour moi, s'il vous plaît, lance Clarisse en papillonnant des yeux.

Ça y est, elle entre en mode prédatrice.

– Vodka-Redbull, s'il te plaît. Et une carafe d'eau.

Franck me lance un clin d'œil complice.

– C'est noté ! lance Charlie en acquiesçant de la tête sur un ton guilleret.

– Merci.

La piste commence à se remplir et la musique est entraînante. Les tubes remixés des années quatre-vingt ont toujours du succès. Le *Private* est un club classe. Des banquettes en cuir noir s'alignent autour de tables basses vitrées qui encerclent la piste de danse en contrebas. Les murs sont en moellon brut et la face qui abrite le bar peint en rose fuchsia est illuminé par de petits spots aux faisceaux tamisés. Une gogo danseuse se déhanche langoureusement autour d'une barre de *pole dance* plantée sur une plateforme carrée dans l'angle de la piste. Elle est magnifiquement souple et sexy sur ses cuissardes noires et parée d'un bustier argent et d'un string assorti. Derrière elle, des miroirs sont alignés. L'éclairage est subtil et diffusé au rythme de la musique. Une cage en acier est suspendue au-dessus de la piste, mais pour l'instant elle est vide. À gauche du bar, un énorme box marqué d'un sigle « Zone de radiations » jaune fluo est destiné aux fumeurs.

– Je reviens les filles, lance Franck tandis qu'il ajuste sa coiffure.

– T'inquiète, t'es le plus beau ! je lui réponds lui envoyant un baiser par les airs.

Il se dirige au bar. Je me tourne vers Clarisse qui scrute la salle.

– Tu fais du repérage, ma grosse ?

Clarisse est ma grosse et je suis sa grosse. Ce surnom peut paraître péjoratif mais pas de la façon dont nous l'employons. Il n'est qu'une marque de tendresse entre deux amies.

– Yep ! J'ai le feu au cul ce soir, répond-elle en ricanant comme une connasse.

Les choses sont toujours claires. Pas de chichi inutile. Nous nous connaissons tant qu'un autre mode de communication ne serait plus envisageable. Le jardin secret doit être de l'ordre de l'infime, presque inexistant. C'est un bonheur de pouvoir se livrer sans compromis et sans jugement. Être soi, tout simplement. Il nous arrive de ne pas nous comprendre et de ne pas être d'accord, mais nous respectons scrupuleusement le libre arbitre de l'autre et sa nature profonde.

Charlie arrive et dépose sur la table nos consommations. Chaque liquide est servi dans de petites carafes en verre transparent. Une, plus haute est destinée à l'eau plate. Un bol contient des glaçons et chaque verre est agrémenté d'une mini-brochette de fruits découpés, d'une touillette et d'une paille rose fluo.

– Très bonne soirée, Mesdemoiselles et n'hésitez pas si besoin.

Mademoiselle ?! Deux fois en une soirée, chanceuse ce soir.

– Merci Charlie, répond Clarisse dans une posture aguicheuse.

Elle porte la brochette à sa bouche et gobe un morceau fruit. Charlie sourit en ramassant son plateau.

– Mais je vous en prie, lance-t-il en tournant les talons.

Je sirote mon Gini, cherchant Franck dans la foule au bar. Il est accoudé, discutant entre deux cocktails à préparer avec la fameuse petite serveuse. Elle est toute mignonne avec ses longues boucles. Mais de loin, je ne parviens pas à vraiment discerner son visage. Elle paraît si petite derrière cet immense bar mais manie le shaker avec beaucoup d'aisance.

– Oh, regarde ! s'exclame Clarisse en pointant du doigt la cage qui descend lentement.

Un gogo danseur est à l'intérieur et se trémousse de façon très indécente. Il ne porte qu'un mince boxer noir satiné.

– Putain, il a un beau cul, je confie à Clarisse qui ne le quitte pas des yeux. Euh… essuie le filet de bave qui coule, là ! dis-je en indiquant le coin de sa bouche.

– Pff! Connasse ! Laisse-moi baver, il est trop bien gaulé.

C'est vrai qu'il peut se permettre aisément ce genre de job. Ses pectoraux sont bien dessinés et un cul bien musclé avec un visage on ne peut plus agréable. Un regard clair et un sourire ravageur.

– Viens, on va danser !

Clarisse me prend la main et m'entraîne sur la piste. Nous nous enflammons sur *Girl Just Want to Fun*. J'adore danser et me laisse posséder par le rythme des musiques qui s'enchaînent en oubliant tout. Mon corps se fond libre dans l'espace. Soudain, je sens des mains se poser sur mes hanches et je devine immédiatement qu'il s'agit de Franck qui vient nous accompagner. Je ne me retourne même pas pour vérifier. Je couvre ses mains des miennes et plaque mon dos à son torse en respirant son parfum. Nous calquons nos mouvements et dansons un long moment, confortablement lovés l'un à l'autre alors que Clarisse reste fascinée par le gogo qui remonte progressivement et grimace lorsqu'il a totalement disparu.

– On va boire un coup ? hurle-t-elle pour couvrir la musique.

*

– Alors ça marche avec la serveuse ? questionne Clarisse alors qu'elle sirote son Gin.

– Doucement mais sûrement, répond-il dans un sourire éclatant. Elle s'appelle Mathilde, souligne-t-il. Elle va passer vous rencontrer durant sa pause.

– Ah c'est cool tu nous la présentes ! Habituellement tu les kidnappes avant qu'on ait pu les rencontrer.

Franck me lance un clin d'œil en guise de réponse. Cette Mathilde est plus qu'une simple attraction apparemment. Elle lui plaît réellement. Et s'il prend la peine de nous la présenter c'est qu'il lui porte un véritable intérêt. Nous n'avons jamais eu l'occasion d'approcher ses conquêtes d'un soir. À peine le temps de les croiser afin de reluquer à quoi elles ressemblent. Sitôt emballées, sitôt consommées.

– Oh Franck amoureux ! J'ai hâte de voir ça ! je m'exclame guillerette.

– Commence pas à te faire des films, s'il te plaît.

– Elle t'a déjà marié, j'en suis sûre, balance Clarisse en ricanant.

– Pff ! Non mais je m'occupais des préparatifs là, je réponds en descendant ma robe sur mes cuisses, dangereusement remontée.

Mon geste n'échappe pas à Clarisse.

– Montre ton cul, y'a pas de lézard !

On ricane niaisement de nos vannes idiotes quand Charlie apparaît chargé d'un second plateau de consommations. Franck l'interpelle :

– Mona nous gâte ce soir !

En disposant les diverses carafes sur la table, Charlie répond :

– Cette fois ce n'est pas Mona.

Il me scrute d'un air malicieux et me tend un bout de papier. Je ne comprends rien à la situation qui se déroule devant mes yeux et mon regard passe du papier à Franck et de Franck au papier. Je reste stoïque, n'osant pas toucher le message qu'il me tend.

– Bah vas-y, regarde de quoi il s'agit ! lance Clarisse tout excitée.

Je récupère la feuille pliée et lis : « *Juste par plaisir d'offrir un verre au plus beau sourire de la soirée. JDJ.* » Clarisse lit par-dessus mon épaule et même dans la pénombre elle parvient à déchiffrer chaque mot.

– Oh comme c'est romantique ! Digne d'un vrai roman !

Je rougis. Charlie est resté planté curieux et semble s'amuser de la scène.

– Bah alors, explique ! ordonne Franck, impatient.

– Une personne nous offre un verre, je réponds gênée et toujours dubitative.

– Ah non ! Je cite : « Au plus beau sourire de la soirée ». C'est pas mignon ça ?!

Connasse de Clarisse qui m'affiche ! Je lui lance un regard mauvais tandis qu'elle s'en amuse.

– Je vous laisse un stylo ? interroge Charlie alors qu'il me scrute encore de son air toujours malicieux.

– De qui il s'agit ? je questionne sans même lui répondre.

– J'assure l'anonymat de chacun de mes clients, Mademoiselle.

Encore Mademoiselle ?! L'éclairage tamisé sûrement...

Charlie dépose un stylo tout droit sorti de la poche arrière de son pantalon moulant. Est-ce une situation habituelle pour lui ou une simple anticipation ?

– Je reviens dans un moment.

Il s'échappe affichant un large sourire et en tambourinant sur le revers de son plateau. Ses pas sont presque dansants.

– Qu'est-ce que tu vas répondre ? réfléchit Clarisse en se grattant la tête.

Étonnamment, Franck reste silencieux. Aucune remarque graveleuse ne fuse et il me regarde, l'air pensif. Je lis et relis ce mot. L'écriture est formée de petites pattes de mouche dont les dernières lettres de chaque mot s'étirent vers le bas de façon gracieuse. Elle me plaît. Et la façon de m'aborder, mystérieuse, attise ma curiosité.

Je débute une réponse quand Franck lance :

– Bah ! À la sienne !

Je pense déceler une pointe d'ironie dans ses propos et Clarisse me le confirme dans sa façon de me scruter. Je choisis de ne pas y prêter attention car elle est plutôt portée sur ce que je dois rédiger et j'ai envie de m'appliquer.

– Et si c'était une nana ?

Je me tourne vers Clarisse. Bah oui, si elle avait raison ? Si l'auteur du message était une nana ? Car rien n'indique le contraire. L'écriture me paraît masculine mais je peux me tromper.

– Il faut toujours être ouvert à de nouvelles expériences ! lance Franck en sirotant son mélange.

Tiens, il a retrouvé un peu de gaieté.

La perspective d'une relation charnelle avec une autre femme semble l'avoir ramené à nous.

– Si l'occasion se présentait, je ne cracherai peut-être pas sur cette nouvelle découverte, je réponds en tortillant mon cul sur la banquette.

Franck lève son verre en haussant les sourcils.

– T'es sérieuse ? m'interroge Clarisse.

C'est un sujet que nous n'avons jamais abordé et elle semble étonnée.

– Oui. Je suis sérieuse.

J'assume parfaitement ce que je viens de balancer.

– Pourquoi pas ?

Avec la maturité je pourrai plus facilement céder aux limites de ma sexualité jusqu'alors purement hétérosexuelle. Mais je préfère laisser place au mystère qui entoure la situation. Rien n'indique non plus qu'il s'agisse d'une femme.

Clarisse pose sa tête sur mon épaule afin de lire ce que je m'apprête à écrire : « *Je fais exception ce soir car ma maman m'a toujours conseillé de ne jamais rien accepter d'un inconnu. Je désobéis donc sous la flatterie. Mes amis ont servi de cobayes, ont goûté et sont toujours bien en vie. Avec mes remerciements. AR.* »

Je suis contente de ma composition mais Clarisse émet une objection.

– Tu ne cherches même pas à en savoir un peu plus ?! Moi j'aurais pas résisté.

Non, malgré ma curiosité éveillée, je préfère rester soft et polie. J'apprécie le côté énigmatique de l'échange. Franck ne me pose aucune question sur le contenu de ma réponse. Bizarre. Il est habituellement plutôt curieux et ne manque jamais de donner son point de vue. Je me fie donc à mon instinct et attends le retour de Charlie.

J'inspecte la salle à la recherche d'une éventuelle personne dont le regard serait tourné vers moi mais ne repère rien.

La piste est à présent bondée et l'ambiance qui règne est festive et joviale. La gogo continue son déhanché spectaculaire dans un rythme effréné tandis que Clarisse et moi nous gigotons sur la banquette et reprenons à tue-tête le refrain : *Just an illusion.*

Je m'égosille quand Charlie arrive.

– Besoin de mes services, la miss ? lance-t-il avec son sourire que je connais bien.

– Oui, s'il vous plaît.

Je lui tends ma réponse sagement pliée et son stylo.

– Garde-le, ça peut servir, répond-il en balançant la main. Tu peux me tutoyer, chérie, on est entre nous ici.

Je souris, embarrassée. Il interroge les autres du regard.

– Non merci, balance Franck sur un ton cynique.

– À votre service !

Charlie repart aussi vite qu'il est arrivé. Il doit en faire des pas au cours d'une soirée.

– Allez, on y retourne! lance Clarisse en me chopant la main. Tu viens Franck?

Il balance la tête pour toute réponse.

*

Nous nous frayons un chemin dans la foule présente sur la piste et commençons à danser. C'est le moment Funk et je me déchaîne dessus. Quand *Somebody Else's Guy* débute c'est l'éclate totale.

– Franck est contrarié, je souligne à Clarisse qui est à fond sur ses pas de danse.

– Bah oui, j'ai vu. Cherche pas il est jaloux! s'égosille-t-elle dans mon oreille.

Je regarde Clarisse avec de grands yeux ronds.

– Jaloux? je répète. Non, possessif plutôt.

– Non, non, JA-LOUX! Le message de l'homme mystérieux, c'est parti de là! Il a immédiatement changé d'attitude. je savais qu'il avait le béguin pour toi.

Au fond de moi, je m'en doutais et tentais d'édulcorer la réalité car cette situation pour le moins inattendue ne me donne aucune envie de l'affronter. Je préférais la nier, plus simple. Mais la confirmation de Clarisse ne me laisse aucun choix et je dois dissiper ce malentendu. Ce mouvement d'humeur ne ressemble en rien à Franck et je n'ai aucune envie que notre relation soit tendue. Je le mets sur le compte de la possessivité masculine mais cela continue à me titiller. Je ne peux pas passer outre.

– Vais discuter avec lui, ça me perturbe.

Clarisse acquiesce de la tête en continuant à gesticuler dans tous les sens. Lorsque j'arrive à la table, Franck est vautré l'air boudeur.

– J'vais fumer une clope, tu viens ?

– Toi et tes sales manies, peste-t-il en se levant.

Houlà, il boude pour de bon.

Je sors une cigarette du paquet posé sur la table et attrape le briquet. Je me dirige vers le box attitré tandis que Franck me suit sans un mot. Il y a foule à l'intérieur et l'air est chargé d'une fumée épaisse, malgré une ventilation qui tourne à plein régime dans un bourdonnement incessant. Je me faufile et me cale dans un coin. J'allume ma cigarette et veille à ne surtout pas rejeter la fumée en direction de Franck. Étant non-fumeur, c'est un véritable exploit de m'accompagner dans cette pièce polluée où l'air est quasi irrespirable. Il me fixe et je me sens presque gênée.

– Qu'est-ce t'as Schtroumpf grognon ?

Je tente l'humour afin de détendre l'atmosphère. Il continue à me fixer et s'écoulent quelques secondes avant qu'il réponde.

– Rien, je suis con…

Il passe machinalement la main dans ses cheveux et se mord doucement la lèvre. J'attrape son autre main et la serre tendrement.

– Pourquoi t'es con ? Je ne t'ai jamais reproché de l'être.

Enfin, il décline un léger sourire en soupirant. Craquant comme toujours. *Pourquoi la serveuse n'est pas déjà accrochée à ses pompes ?!*

– T'es loin d'être naïve, tu sais, non ? Parce que là c'est un peu compliqué à cracher…

– Tu n'es pas con, juste humain.

Je serre sa main un peu plus fort et nos doigts s'entrelacent.

– Un mec s'intéresse à toi et je te tape une crise de jalousie, c'est pathétique.

– Et possessif, je lance dans un sourire.

– En plein dans le mille ! Tu es mon petit ange…

Il pose une main sur ma joue et me caresse doucement.

– Je sais. Rien ni personne ne changera ça. J'aime trop être ton petit ange et tu es le mien aussi.

Cet homme brille éternellement devant mes yeux.

– Je suis désolé, vraiment. Mais là, on peut arrêter le supplice et sortir d'ici ? C'est un enfer là-dedans !

J'éclate de rire en écrasant ma cigarette dans un cendrier à proximité, débordant de mégots. Nos mains toujours mêlées, nous sortons de la brume. Quand soudain, il m'entraîne de côté et me plaque contre le mur dans la noirceur sonore. Sa main attrape ma nuque tandis qu'il s'approche et dépose ses lèvres sur les miennes. Je ne refuse pas ce baiser, je ne cherche ni à lui échapper ni à le repousser et nos lèvres s'enlacent dans un baiser tendre. Sa langue vient caresser doucement la mienne et je le goûte, savourant la saveur de sa bouche. Ses mains encerclent maintenant mon visage et ce baiser devient plus pressant, plus profond. Il plaque son corps au mien, sa chaleur m'envahit, son parfum m'enivre tandis que je sens apparaître contre mon bas-ventre l'ardeur de son désir naissant. Je n'ose pas le toucher, cette situation est tellement surréaliste et mes mains restent plaquées, écrabouillant mon briquet dans mon poing. Je reste paralysée en cédant à ce contact délicieux. Puis brutalement, il s'arrache à moi et se recule, haletant. Il me fixe de ses grands yeux noirs et je ne parviens pas à déchiffrer son regard. Nous restons ainsi, l'un en face de l'autre, inerte et le temps suspendu. Mon cœur bat à tout rompre dans ma poitrine et malgré la musique qui tambourine, ce silence est pesant. Je n'arrive pas non plus à déchiffrer ce que je ressens à cet instant même. Il effleure ses lèvres du revers de son pouce et lance avec arrogance :

– Ne me demande pas de m'excuser, je ne le ferai pas.

Son souffle est précipité et ses poings se sont fermés sous ses propos. J'entrouvre la bouche mais rien ne sort, pas le moindre son.

– J'avais besoin de t'embrasser... C'est ainsi, ça ne s'explique pas.

Il passe la main dans ses cheveux, l'air hagard en piétinant sur lui-même puis bascule la tête de gauche à droite en me dévisageant.

– Bah dis quelque chose?! crie-t-il.

Je suis tellement déboussolée que je ne parviens plus à réunir mes pensées ni à cracher le moindre mot. Je reste figée à le fixer.

– Vais aller baiser la serveuse, ça va me détendre! balance-t-il méchamment.

Ses paroles sont empreintes de colère. Est-il en colère contre moi? Contre lui-même? Contre la terre entière sans doute... Il tourne les talons et je le suis du regard.

*

Il se pose sur l'un des tabourets du bar et aussitôt la serveuse s'approche, affichant un sourire séducteur. Mathilde est très jolie, un visage fin entouré de boucles blondes. Ses lèvres charnues sont colorées de rouge vif et ses grands yeux clairs sont tirés sous l'effet de l'eye-liner. Devant la mine fermée de Franck, elle perd immédiatement son beau sourire. Heureusement, elle n'a rien vu de la scène qui vient de se dérouler à proximité de son bar. Je reste là un moment, collée au mur à les épier. Ils discutent, puis Mathilde échange quelques mots avec son collègue et sort de derrière le comptoir. Franck agrippe sa main et l'entraîne vers la sortie en jetant un rapide coup d'œil dans ma direction. *Il doit penser que je suis complètement débile de rester clouée là.* Non, Franck ne penserait pas ça de moi, je tente de me rassurer et n'ai besoin de personne pour me penser débile.

En fait, je me mettrais des gifles quand je suis ainsi, figée et incapable du moindre geste. Je cherche Clarisse du regard et l'aperçois au milieu de la piste. Elle danse avec un mec qui a les mains posées sur ses hanches. Il lui parle à l'oreille et elle rit comme une gamine. Tout va bien de son côté. je parviens enfin à bouger et file à notre table sur laquelle je balance mon briquet. Je remarque qu'un message y est déposé. Je le déplie et lis : « *Ce n'est pas de la flatterie, seulement de la sincérité. Votre Maman est de bon conseil et promit l'utilisation du GHB ne m'a pas effleuré l'esprit. Je préfère de loin les véritables échanges... Je dois partir plus tôt que prévu et n'aurai malheureusement pas l'occasion de faire votre connaissance et de sans doute vous apprécier. Je quitte les lieux avec comme souvenir, votre magnifique sourire et ce moment trop furtif passé en votre compagnie. Au plaisir de se recroiser j'espère. JDJ.* »

Outre son écriture, j'apprécie aussi la tournure de ses messages et le vocabulaire qui l'enrichit. Cette lecture agréable m'a permis durant quelques instants de me déconnecter, car cette soirée est riche en émotions. Depuis combien de temps ce message est-il posé là ? Son auteur est-il déjà parti ? Combien de temps suis-je restée avec Franck puis collée à mon mur ? Aucune idée... J'ai perdu toute perception du temps. J'aperçois Charlie à quelques pas de ma table apporter des boissons. Je lui fais signe et il articule un OK silencieux. Il me rejoint dans la minute.

– Oui, chérie ?

Il se dandine sous la musique.

– Depuis combien de temps ce message est sur la table ? je demande inquiète. La personne est-elle déjà partie ?

– Oh à peine cinq minutes. Et je crois qu'il attend ta réponse.

« *Il* », *enfin un indice !* L'auteur mystérieux de ces messages est donc bel et bien un homme.

– Je reviens dans cinq minutes ? demande Charlie, impatient.

– Je ne voudrais pas abuser de ta gentillesse mais…

– À ton service ! réplique-t-il dans un clin d'œil.

Il récupère verres et carafes vides sur la table et déguerpit rapidement. *Qu'il est sympathique ce Charlie.* Avec ses boucles blondes et son teint bronzé, il a un côté prononcé surfer Hawaïen. Je grignote une brochette et me creuse la cervelle.

« *Effectivement…* ». Non, trop strict et trop guindé.

« *Merci à vous de ces instants furtifs sans rencontre. Au moins, vous avez un visage auquel vous fier pour vos souvenirs alors que je n'ai que quelques mots plaisants couchés sur le papier. Reconnaissez que c'est un peu injuste… Comme je n'ai pas le choix, je m'en contenterai. Bonne fin de soirée. AR.* »

Je reprends une brochette et sonde de nouveau la salle à la recherche de cet homme mystérieux. Mais comme je ne sais pas qui chercher, je ne risque pas de trouver. J'aperçois Clarisse au passage qui s'amuse toujours avec sa nouvelle conquête et cette fois, il a les mains un peu plus bas que ses hanches. Cela n'a pas l'air de la déranger. Les choses se précisent donc. Elle qui avait gravement envie de s'envoyer en l'air, c'est bien parti. Puis j'observe l'entrée : pas de Franck. Lui aussi doit s'éclater à baiser sa serveuse alors qu'au final c'est moi qui l'ai excité. Les images de notre baiser me reviennent en tête et je frissonne. Que vient-il de nous arriver ? Je dois reconnaître que notre relation peut parfois paraître ambiguë tant nous alimentons une certaine proximité. Encore tout à l'heure, nous dansions tendrement enlacés, mais ce n'était jamais allé plus loin que ces gestes de tendresse marqués. Cette proximité n'a jamais autant dérapé. J'effleure mes lèvres du bout des doigts et je dois me rendre à l'évidence, Franck embrasse divinement bien, d'une douceur absolue. J'ai aimé cet instant dans ses bras, tout contre lui. À cette pensée, une sensation exquise s'immisce au bas de mon ventre, que je n'avais pas ressentie depuis longtemps. Un chatouillement délicieux qui irradie jusqu'au centre de mes cuisses. Je me surprends à me tortiller sur la banquette quand Charlie arrive et je feins de me recoiffer, embarrassée.

– Il fait chaud ! lance-t-il, en se servant de son plateau comme éventail.

À qui le dis-tu ! Mais je suis prise d'un doute, est-ce ironique ? A-t-il remarqué en s'approchant ma façon de me dandiner ? Je suis encore plus gênée et soulagée d'être dans la pénombre car j'ai dû virer pivoine.

– Oui, très chaud, je réponds les yeux dans le vague et surtout pas sur lui.

Je lui tends le message en le remerciant de sa gentillesse.

– À ton service, chérie !

Je le suis du regard tandis qu'il s'éloigne et croise les doigts en espérant qu'il se rende directement auprès de l'auteur des messages. J'aurai enfin un visage à mettre sur ces mots. Charlie enfouit le pli dans la poche arrière de son slim et file en direction du bar en desservant une table sur son passage. Il échange quelques mots avec le barman qui remplit son plateau de cocktails et il se dirige maintenant en direction des tables opposées à la mienne. Il sert et débarrasse à une vitesse incroyable avec une grande adresse, accompagné de son sourire légendaire. Il navigue entre les tables, papote çà et là mais ne transmet à personne la correspondance. Brusquement, Franck apparaît devant moi. Absorbée par ma filature, je n'ai pas anticipé son arrivée. Il tient fermement la main de Mathilde et avant que j'aie pu me lever, elle se penche et claque une bise sur chacune de mes joues en veillant à retenir ses boucles.

– Enchantée ! me dit-elle enjouée. Franck m'a beaucoup parlé de toi.

Ouais… Pas sûr qu'il se soit étalé sur les détails… Arrête Alex, tu deviens exécrable !

– De même, je réponds avec un sourire.

Sa chevelure est gonflée et son sourire carmin a disparu de ses lèvres. Son mascara a légèrement bavé. Tous les signes d'après baise sont réunis. Le 7e ciel lui va bien car elle est magnifique. Je n'ose pas poser les yeux sur Franck. Les conséquences de notre baiser commencent-elles déjà à ronger notre amitié ? Je n'ai jamais connu de tel malaise avec lui, du coup je ne sais de quelle façon gérer la situation.

– Ravie d'avoir fait ta connaissance mais le devoir m'appelle.

– De même, bon courage.

Décidément, je suis avare de paroles ce soir…

– Oh c'est cool, je termine mon service dans une demi-heure du coup, le charme de Franck fait même son petit effet sur Mona.

– Personne ne lui résiste !

Putain ! Mais pourquoi j'ai dit ça moi !

Franck me jette un regard assassin et je feins de ne pas le voir. Je souris comme une niaise à Mathilde qui embrasse son homme et file à petits pas. Elle croise Charlie au passage qui se dirige vers notre table.

– Pour toi, miss.

Je récupère le pli qu'il me tend et le remercie dans la foulée.

– Tout va bien, Franck ? s'inquiète-t-il devant sa mine déconfite.

Franck acquiesce de la tête pour toute réponse.

– Je reviens comme d'hab ! lance-t-il en tournant les talons.

J'ouvre et parcours le message : « *Le temps ne me permet pas de vous découvrir car j'ai devant moi trop peu de temps à vous consacrer, ce qui rendrait mon départ bien trop difficile… Effectivement, j'ai un visage à me remémorer mais finalement où est l'injustice ? L'ignorance permet l'oubli... Tout va bien ? Je ne vois plus votre sourire. JDJ.* »

Évidemment, vu sous cet angle cela change complètement la donne. Il maîtrise parfaitement l'art et la manière de renverser une situation. Ne serait-il pas avocat par hasard ?! Je note au passage que le mot effectivement passe très naturellement lorsque c'est lui qui l'emploie. Franck est vautré sur la banquette opposée et fixe la piste en attendant patiemment son second round qui ne devrait pas tarder. J'ai l'amère sensation qu'il m'ignore magistralement et je deviens d'un coup cafardeuse. La soirée ne se déroule pas vraiment comme elle aurait dû. Je bois une gorgée d'eau et réponds : « *Mon sourire reviendra, juste une question de temps. Merci de vous en soucier. Du temps que vous n'avez pas, si je comprends bien ce point de l'énigme. Votre point de vue sur l'injustice est pertinent. Ne deviez-vous pas quitter les lieux car l'heure tourne ? AR.* »

Je localise Charlie et le rejoins. Il glisse le message dans sa poche et me remercie. C'est le monde à l'envers. Je pars ensuite à la recherche de Clarisse sur la piste et la trouve lovée dans les bras de sa conquête tandis qu'ils se galochent goulûment. Je souris en l'observant. Au moins une qui aura passé une bonne soirée !

– Coucou ma copine ! je lance dans son oreille.

Ils se décollent enfin.

– Oh Alex, je te présente Greg.

Elle pétille littéralement.

– Greg, ma copine Alex.

Je lui tape une bise en bafouillant que je suis enchantée de faire sa connaissance.

– Je peux te l'enlever deux minutes ?

Je n'attends pas sa réponse et embarque Clarisse par le bras.

– Je vais y aller ma grosse. Pas besoin de moi pour rentrer ?

– Bah qu'est-ce t'as ? Y'a un problème ?

Je prétexte un gros mal de tête qu'elle ne gobe pas, bien sûr.

– T'inquiète, ça va. Je t'appelle plus tard. Amuse-toi et comme d'hab, tu m'envoies un message.

Nous avons mis au point une forme de communication par code. Un SMS contenant le mot « Rose » et je comprends que tout va bien pour elle, qu'elle passe un bon moment en toute sécurité. « Vert » m'indique qu'elle n'apprécie plus franchement le mec avec qui elle se trouve et je l'appelle dans la foulée sous prétexte d'une urgence imprévue. Et enfin le « Rouge » me signale un problème. Heureusement ce code n'a jamais été utilisé à ce jour.

– T'es sûre que ça va aller, tu m'inquiètes là ?!

Clarisse me fait les gros yeux.

– Oui, je te dirais si j'étais dans le Rouge. Profite de ta soirée, ma grosse.

Elle fait claquer une bise sur mes joues et rejoint son mec à qui je fais signe en guise d'au revoir. Il répond de la même façon. La fête bat son plein, de tous côtés les gens dansent, moites et légers sous le tempo de la musique. La voix de Ricky Martin emplit les lieux avec le rythme implacable de *Maria*. D'autres, imbibés d'alcool, comatent sur les banquettes ou déambulent à leur propre tempo. Le gogo de nouveau prisonnier de sa cage balance à la foule excitée des paires de lunettes de soleil, stylos et casquettes publicitaires. Lorsque je regagne la table, Franck n'est plus là. Un pli m'y attend. Je jette un œil au bar, Franck est accoudé au comptoir descendant un verre.

J'attrape le message et l'ouvre.

« *J'ai un peu de mal à vous quitter et votre sourire me manque déjà. Merci pour cet instant. Même de loin. JDJ.* »

Charlie passe par là et m'informe au passage qu'il est parti.

– Attends, s'il te plaît!

Il s'arrête, tambourinant en se dandinant son plateau vide.

– Tu le connais, c'est un habitué?

Je papillonne des yeux afin de l'attendrir.

– Non, jamais vu avant.

– Tu peux me le décrire, s'il te plaît?

J'y ajoute un léger sourire. Charlie me fixe sans répondre, continuant à gigoter.

– Il est parti, j'insiste en espérant être persuasive.

– Grand, yeux clairs, la quarantaine peut-être, il portait un bonnet. Mignon. Très mignon.

Un bonnet?! Je n'ai remarqué personne avec un bonnet. Je soupçonne Charlie d'être homo. Seul un homo peut qualifier un autre homme d'être « mignon ».

– Il se trouvait où?

Il pointe du menton les banquettes à l'opposé.

– En face.

– Accompagné?

Je dois réellement insister afin qu'il me crache ces informations. Et il semble s'en amuser.

– Non, il était seul. Il a juste discuté rapidement avec un mec. Votre petit jeu m'a bien amusé. C'était mignon et original cette façon de t'aborder, on n'en voit pas souvent des dragues comme ça par ici.

Il souffle sur une boucle qui dégringole sur son front et elle s'envole.

– Et je vois qu'il a suscité ton intérêt, chérie! J'en prends note, la méthode peut servir.

Il rit de toutes ses dents.

– Et il m'a lâché cent euros de pourboire! s'exclame-t-il. Ça aussi c'est rare!

En plus d'être délicat et subtil, il est généreux. L'homme parfait a quitté les lieux sans même avoir pu m'accrocher à sa jambe! Charlie danse, enjoué, son plateau argent suivant ses mouvements.

– J'vais partir aussi, je tiens à te remercier.

Il me tend sa joue.

– Pour toi se sera un bisou ! lance-t-il dans un sourire charmeur.

Je m'accroche à son cou et claque un gros bisou sonore sur sa joue.

– À bientôt, ma mignonne !

Ce mec est adorable et ce poste lui va à ravir, aimable et guilleret qu'il est.

– Merci pour tout.

Il détale en balançant son petit cul. Je ramasse cigarettes et briquet et me rapproche du bar. J'interpelle Mathilde et l'informe que je pars.

– Déjà ? me dit-elle.

Elle s'appuie à son comptoir et me claque une bise.

– Oui, fatiguée… grosse semaine.

Je mens délibérément.

– Au plaisir, alors.

– Oui, à bientôt. Bonne soirée !

Je m'approche de Franck qui a compris que je quittais le club.

– Pas besoin de la voiture ?

Je demande par politesse car je connais déjà la réponse.

– Non, merci, Mathilde a la sienne.

Tiens, il me re-cause ! Sans pointe d'agressivité ou de colère en prime. J'existe de nouveau à ses yeux. Soudain, je réalise combien il m'a manqué au cours de cette soirée. Cette tension entre nous est lourde à porter. J'ai envie de me blottir contre lui et qu'il me serre fort dans ses bras mais je ne le fais pas. Il me fixe et se mure dans ce silence pesant. À quoi pense-t-il ? Je ne connais pas cette facette de sa personnalité et me retrouve déconcertée par cette situation que je ne sais pas gérer.

Comment appréhender l'inconnu ? Mais sans doute doit-il avoir les mêmes réflexions que moi.

– J'te raccompagne, lance-t-il se levant du tabouret.

Il fait signe à Mathilde qui comprend qu'il m'escorte à ma voiture et m'emboîte le pas. Je récupère mon vestiaire et remercie chaleureusement Mona de son accueil dans une bise, puis nous sortons. La musique disparaît alors que le videur ferme la porte.

– Bonne fin de soirée, dit Jimmy en me regardant cette fois dans les yeux.

La foule est arrivée et les videurs sont à présent plusieurs à gérer l'importante file d'attente malgré le froid.

– De même.

La nuit est maintenant glaciale et je frissonne sous la différence radicale de température, me recroquevillant dans ma veste. Habituellement Franck m'aurait réchauffée de ses bras mais pas ce soir. Il marche la tête baissée dans un pas rapide. La rue est curieusement déserte et je me demande quelle heure il peut être. La Saône distille son eau en un ruissellement constant et sonore et c'est dans un silence de plomb que nous atteignons la voiture. Il me tend la main et j'y dépose les clés. Il met en marche le véhicule et le laisse tourner.

– Ce n'est pas nous tout ça… chuchote-t-il.

– Non, ce n'est pas nous, je réponds dans un souffle.

– Tu m'envoies un SMS pour me confirmer que tu es bien rentrée ?

J'acquiesce de la tête à sa demande et le bise froidement car je ne sais pas comment agir autrement. Puis je m'engouffre dans la voiture dont le chauffage tourne à plein régime. Il passe machinalement la main dans ses cheveux et ferme la porte derrière moi. Je le vois s'éloigner dans mon rétroviseur sous la distance et mon cafard est bercé par la voix mélodieuse des Cranberries alors que *When You're Gone* sort faiblement des enceintes.

*

Arrivée à la maison, je me douche rapidement, enfile de vieux vêtements et fume une dernière cigarette sur la terrasse, emmitouflée dans un plaid pour affronter le froid. Le ciel est parsemé d'étoiles scintillantes qui illuminent telles des paillettes argentées cette immense opacité. Les rires ont disparu de l'appartement, laissant place au néant. Je me couche et adresse le SMS demandé à Franck : « Bien rentrée », puis j'éteins mon portable dans le noir. Le déroulement de la soirée me revient par bribes. Nos vannes douteuses et nos ricanements, Mona et notre arrivée au club, Charlie et son plateau argenté, les messages de l'inconnu que j'ai conservés. Franck et notre baiser déroutant puis ce silence... Je glisse ma main dans mon string, écarte légèrement les cuisses et mes doigts trouvent mon clitoris. Mon souffle s'accélère tandis que je le malaxe, accédant progressivement à l'extase. Je jouis dans un soupir saccadé et muet. Et je m'endors.

*

Ce sont des tambourinements incessants à la porte qui me tirent soudainement de mon sommeil. Le jour pénètre la chambre par les fentes des volets dans de fins rayons cristallins. Je me lève rapidement et cours à la porte que j'ouvre en pestant contre ce vacarme horripilant. Clarisse est plantée sur le palier, rouge de colère, et entre comme une furie.

– Putain, mais qu'est-ce tu fous avec ton tél ?! J'ai essayé de t'appeler quinze fois !

Je me revois clairement l'éteindre après avoir expédié un SMS à Franck. Je n'éteins jamais mon portable et ne m'explique pas mon geste. Hier était une exception alors que j'étais carrément à l'ouest. Je murmure que je suis désolée, encore ensommeillée en me frottant les yeux. La lumière du jour m'agresse et j'ai un mal de tête lancinant. Elle me regarde agacée mais n'en rajoute pas. Elle porte un survêtement gris chiné, tenue traditionnelle du dimanche et ses cheveux sont remontés en une queue-de-cheval haute. Pas une trace de maquillage dans un naturel parfait.

– Je te fais chauffer ton chocolat, termine de te réveiller.

Elle s'engouffre dans la cuisine tandis que je file dans la salle de bains.

Je me contemple dans le miroir et ça fait peur à voir. J'ai une tête effroyable. Mes yeux sont gonflés, j'ai le teint blafard et mon carré bouclé ne ressemble plus à rien. La fraîcheur du brumisateur fait un bien fou, autant à mon teint pâlot qu'à moi. Après un brossage de dents intensif et une crème de soin, je suis un peu plus présentable. Et je noue ma tignasse rebelle avec une pince, ça fera l'affaire pour aujourd'hui.

Une tasse de lait de soja cacaotée m'attend sur la table de la cuisine, accompagnée de biscottes beurrées.

– Merci, ma grosse.

Je jette un œil à l'affichage digital du micro-ondes : quinze heures vingt-deux. Curieusement, j'ai bien dormi et certainement grâce à mon portable éteint. Clarisse avale une gorgée de café et balance :

– Bon alors c'est quoi l'embrouille ? Franck me harcèle depuis ce matin. Tu n'as pas répondu à son SMS et il s'inquiète. Il est dans tous ses états. Je viens de lui envoyer un message pour le rassurer vu que t'es bien saine et sauve.

Je sens comme une pointe d'ironie dont je ne fais cas. Je soupire et j'ai la flemme de parler mais face une Clarisse déterminée, je sais d'avance que je n'ai pas le choix.

– Franck m'a embrassée.

Je garde bien les yeux sur mon chocolat.

– Je sais et alors ?

Je la regarde, les yeux ronds, cessant de mâchouiller ma biscotte.

– Il m'a dit, il m'a téléphoné rien que six fois...

Elle soupire en secouant la tête.

– Je vois pas pourquoi vous en faites toute une maladie ! Moi, je trouve ça très bien et il était temps que vous passiez à l'action.

Je suis stupéfaite, mais en même temps cette réflexion ne m'étonne pas de Clarisse.

– Bah c'est Franck, quoi ! Je ne l'avais jamais vu sous cet angle...

– Mais y'a des années que tu ne vois personne sous cet angle ! braille-t-elle dans de grands gestes.

J'ai envie de la claquer et de lui cracher que c'est une connasse alors qu'elle persiste :

– J'ai tort peut-être ?! Tu ne vas pas te faire nonne non plus ! Tu ne vas pas porter le deuil toute ta vie. Réveille-toi un peu !

Elle m'énerve mais je sais qu'elle a raison. Mais elle m'énerve quand même. Si ce n'était pas mon amie, je lui aurais déjà sauté dessus et crevé un œil. Je reste les yeux rivés à ma tasse car si je les lève, je l'assassine du regard.

– Quelle différence ça fait que ce soit Franck, je comprends pas ?

Elle a retrouvé son calme et moi le mien.

– Nous sommes amis et je n'ai pas envie de perdre ça. Et on se connaît tellement.

Enfin, c'est ce que je pensais jusqu'à cette nuit car j'ai découvert un autre Franck. Une facette inconnue jusqu'alors qui m'a complètement déconcertée.

– Tu le connais en tant qu'ami, pas en tant qu'amant. Ça fait la différence quand même. Et pourquoi tu le perdrais ?

– Tu sais aussi bien que moi que mêler l'amitié et le cul, c'est pas possible. Et quand ça ne fonctionne pas, on perd tout.

Je triture nerveusement la peau autour de mes ongles.

– Tout dépend de ce que tu attends de l'autre. Et très franchement, Franck ne se contentera pas que d'une partie de jambes en l'air avec toi. Avec toutes les nanas qu'il se tape, il n'en est pas là. Pas avec toi et au risque de bousiller votre amitié. Et si tu ne tentes pas, tu ne sauras pas.

On dirait une maîtresse d'école faisant la leçon à son élève. Ferme et déterminée.

– Je suis paumée…

– Ne vois-tu donc pas comme il est tendre et attentionné avec toi ? Il ne se comporte pas comme ça avec moi, insiste-t-elle.

– Toi aussi tu as tes petites attentions !

– Oui, il est adorable, c'est dans sa nature. Mais jamais il ne me prend dans ses bras ou me bisouille comme il le fait avec toi.

Elle a raison. Franck n'a pas ces gestes-là envers elle. Mais ils n'entretiennent pas la même relation et elle ne l'a pas rencontré de la même façon. Nous avons tant partagé, nous livrant sans fard, cachés derrière nos écrans, nous confiant sans pudeur ni tabous et sans enjeux car nous ne nous connaissions pas physiquement. Cela a scellé notre complicité. Ce n'est donc pas comparable. Et cette proximité que nous entretenons et alimentons est juste naturelle, sans ambiguïté. Du moins jusqu'à cette nuit…

– Et que t'a-t-il dit ? je demande, curieuse de savoir ce qu'il a pu livrer.

– Qu'il t'a embrassé. Et qu'un gros malaise s'est installé. Il a tenté d'en discuter avec toi mais tu t'es fermée. Il a pas su gérer.

Je découvre que Franck était dans les mêmes dispositions que moi et que cette situation lui a échappé à lui aussi.

– Je savais pas quoi dire. Je suis restée… conne.

Ouiiii, conne, conne, conne !

– Il m'agressait, j'ai pas compris.

– Pff ! Arrêtez votre cirque ! Alors il embrasse bien ?! demande-t-elle soudain, curieuse, changeant complètement le sens de notre conversation.

Je souris en rougissant.

– Oui…

– Oui, quoi ?! Crache les détails !

– Oui, il embrasse très bien. D'une tendresse inouïe…

Mon cœur palpite à cette pensée et je réalise combien ce baiser m'a touchée et déstabilisée.

– J'en étais sûre ! Il doit être un méchant coup vu comme les nanas gravitent autour et en redemandent.

Je reste silencieuse et interdis fermement à mon imagination de divaguer.

– En tout cas la Mathilde avait l'air pressée de terminer le taf.

Le quart d'heure langue de pute est lancé.

– La Mathilde, Raconte !

– Il se l'est tapée juste après notre baiser. Et d'après ce que j'ai compris, il s'est arrangé avec Mona afin qu'elle termine plus tôt le taf.

– C'est-Pas-Vrai ! ricane-t-elle.

J'ai de nouveau envie de la claquer.

– Bah c'est un mec ! Tu as dû l'exciter et voilà.

– Je le sentais bander contre moi, je lui avoue en virant pivoine.

– Putain, ce qu'elle a dû se prendre !

On rit comme deux connasses écervelées de nos vannes douteuses.

– Bah oui, t'es belle, t'es bonne, cesse de passer à côté de plein de belles choses. C'est la vie, tu tentes et si ça ne marche pas, tu te relèves, par contre si ça marche c'est tout bénef.

Elle termine son café tandis que je termine mon déjeuner. Je rumine ses propos bien que je sache déjà pertinemment ce qu'elle vient d'avancer. Je pourrais lui balancer les mêmes conseils sauf que pour le coup il s'agit de moi et ça fait la différence. Gérer ses propres émotions est toujours plus compliqué.

– Au fait, connasse, j'aurais pu me faire zigouiller par un serial-killer cette nuit, t'aurais pas bougé avec ton tél éteint !

Elle resserre sa queue-de-cheval en faisant les gros yeux. Je ricane et ironise :

– T'avais pas l'air franchement en danger quand je suis partie.

– Il aurait pu se transformer en arrivant chez lui, tu sais pas.

– Au pire, y'avait Franck, Mathilde aurait été ravie !

On ricane de nouveau telles deux gamines délurées. La pauvre fille, elle doit avoir les oreilles qui sifflent. Je culpabilise presque de me montrer si méchante envers elle. Elle est toute jolie et sympathique, elle ne mérite pas nos sarcasmes. Je ferme définitivement la minute langue de pute, jusqu'à la prochaine session.

Clarisse sort son paquet de cigarettes de son sac posé sur la table.

– Clope ?

– Yep !

Nous nous installons sur la terrasse. Confortablement vautrées sur nos chaises longues attitrées et j'enfile mes lunettes de soleil après avoir récupéré mon portable resté au pied de mon lit et nous être chaudement emmitouflées. Le soleil brille et sous ses rayons l'air est moins frais. Le ciel est bleu azur, pas un seul nuage ne vient le gâcher. C'est une trop belle journée pour déprimer. D'avoir discuté de la situation autour de Franck avec Clarisse m'a permis d'exorciser mais ne m'a pas complètement apaisée.

– Alors c'était bien ? je questionne et Clarisse comprend immédiatement où je veux en venir.

– Ouais… J'ai connu mieux mais ça a fait ma soirée.

Oops ! La minute langue de pute est relancée ?

J'allume mon téléphone et une multitude de sonneries tintent en rafale. Cinq SMS et deux messages vocaux s'affichent sur l'écran. J'ouvre.

Franck 14 h 02.
Bonjour p'tit ange…

Franck 14 h 08.
Tu boudes ?

Franck 14 h 18.
Tu dors ou tu tires la gueule ? Réponds, je m'inquiète. Si tu boudes, dis-le au moins !

Franck 14 h 28.
J'ai appelé Clarisse. T'es sur messagerie. Dès que tu allumes, envois un msg, stp.

Ma puce 14 h 42.
Salut maman, je peux passer fin d'aprèm ?

Puis je consulte mes messages vocaux :

14 h 24.
T'es sur messagerie, qu'est-ce t'as ? ! Rappelle ma grosse.

14 h 40.
Pas de nouvelles. Je passe. À toute.

Je réponds rapidement à mon fils lui confirmant qu'il peut passer, je suis chez moi. Il réplique aussitôt qu'il me confirme par message son arrivée. La perspective de le voir me réchauffe le cœur, il me manque. Je me tourne vers Clarisse qui tire une taffe de sa cigarette en pianotant son portable. À l'aise, les pieds posés sur le rebord du balcon.

– Bon, je réponds quoi à Franck ? je bloque là…

– Tu me demandes conseil en la matière ? C'est nouveau ça…

Je suis figée devant mon écran. Et triture une mèche en cherchant l'inspiration.

Habituellement, je manie les mots avec beaucoup d'aisance, mais là je me creuse la cervelle et pourtant rien ne vient.

16 h 12.
Bonjour toi.

C'est un début. Je décide d'y aller franchement, nous avons toujours fonctionné ainsi.

Désolé, j'ai éteint mon phone, ne me demande pas pourquoi, aucune idée. Je ne boude pas. Je ne sais pas comment gérer, rien de plus. Tu m'as manqué hier et tu me manques encore.

J'envoie. C'est fait, c'est dit. J'attends, pleine d'appréhension.

– Et au fait, les messages mystérieux ? J'ai pas suivi l'histoire du coup, s'écrie Clarisse en me faisant sursauter.

Je lui fais rapidement une rétrospective détaillée de nos échanges. Elle écoute attentive, ce qui est rare avec sa langue trop pendue. Je lui dis ma déception de n'avoir pu ni le localiser ni le découvrir mais paradoxalement, cela constitue tout le charme de cette correspondance anonyme et romanesque.

– Bizarre quand même comme démarche. Mais tellement romantique… T'es tombée sur une perle. Il t'a gentiment et sagement emballée sans intention de te mettre dans son lit. Que c'est mignon tout ça… soupire-t-elle longuement.

Cette fille est complètement contradictoire parfois. Elle utilise les hommes comme simples ustensiles afin d'assouvir son appétit sexuel et pour autant croit et se laisse atteindre par le romantisme. Je lui confie avoir soigneusement conservé les plis.

Mon téléphone bipe l'arrivée d'un SMS. Le prénom de Franck s'affiche sur l'écran et aussitôt mon cœur réagit en s'affolant.

– Alors qu'est-ce qu'il a répondu ? demande Clarisse dans son impatience légendaire.

– Attends, pas ouvert…

– Non mais quel Chichi ! ricane-t-elle.

Elle se lève et se fait couler un autre café. J'ouvre le SMS que je viens de réceptionner :

Franck 16 h 20.

Certaines choses ne s'expliquent pas, je sais… Me suis inquiété. De lire que je te manque, me réconforte. Vraiment. J'ai réagi comme un con, rien maîtrisé. Je suis peut-être un connard mais c'est sans regrets. J'ai trop apprécié pour en avoir. J'espère seulement que ça ne changera rien. Tu me manques.

Je suis soulagée de notre capacité à dialoguer. Ce mec est bien trop important pour que notre relation parte en vrille. Au même titre que Clarisse, il représente un véritable repère. Il est là et sera là, quoi qu'il arrive, tel un ange gardien. Mon cœur continue sa palpitation infernale et je rallume une clope qui finalement m'écœure.

Il souligne qu'il a apprécié. Ces mots me chamboulent. Où en sommes-nous exactement aujourd'hui ? Car je sais que ce baiser ne nous a pas laissés insensibles. Le souvenir de nos lèvres qui se touchent me fait pointer les seins et de légers picotements s'emparent du centre de mes jambes.

– Alors ?!

La voix de Clarisse qui surgit devant moi calme instantanément mes ardeurs. Elle me tend une bouteille d'eau et j'en descends la moitié comme si je venais de traverser le désert. Je récupère ma mèche et la tortille.

– Il me dit que c'est sans regrets et espère que ça ne changera rien à notre relation.

Je lui tends ma cigarette que je ne peux fumer, qu'elle récupère.

– Il n'ose pas en redemander mais…

Elle éclate de rire et manque s'étouffer.

– Bien fait Connasse ! je rétorque en ricanant comme une crapule.

Elle m'agace de pointer cette vérité que je ne veux pas entendre.

– Laisse-toi aller, tu verras comme ça fait du bien…

Elle se tortille sur sa chaise en gémissant, ses mains mimant des éventails. Elle a raison, la simple pensée du baiser tendre et appuyé de Franck a fait grimper ma température corporelle en flèche.

*

Nous nous calons devant un film, entortillées sous une couette. Que c'est bon les dimanches en dégaine à faire les feignasses ! Son téléphone ne cesse de vibrer.

– Celui d'hier ? je demande curieuse.

– Nan, un représentant avec qui je papote depuis quelque temps. J't'en ai parlé.

Je ne doute pas qu'elle ait dû le faire mais il y a tant de monde au portillon que je ne le situe pas. Clarisse s'épanouit et assume pleinement sa façon de concevoir et de vivre sa vie sentimentale. Je l'envie de son fonctionnement, si je pouvais lui ressembler cela m'éviterait d'être ainsi perturbée aujourd'hui. « T'es trop fleur bleue » me dit-elle souvent. Et c'est une réalité. Je suis incapable de coucher sans me noyer dans les sentiments.

L'acte sexuel représente un véritable don de soi, une fusion intime entre deux êtres. Et je suis dans l'incapacité de me protéger et de ne pas m'exposer aux émotions qui m'envahissent et me dominent. Je fonds niaisement et lamentablement devant un geste de tendresse ou une attention. Je crois encore à presque quarante ans au prince charmant fièrement perché sur son cheval blanc. Pathétique mais tellement moi.

Il faut que je réponde à Franck ou il risque de mal interpréter mon silence.

16 h 32.

Non, cela ne change rien. Je vous aime trop, ta façon d'être un connard et toi pour vous perdre. Si c'est le moment des confidences, j'ai apprécié aussi cet instant.

J'envoie immédiatement. *Putain, qu'est-ce qui me prend là ? Je suis vaillante et aventurière !* Je viens de trop réfléchir et je change illico de sujet afin de noyer le poisson :

16 h 33.

Qu'est-ce tu fais, là ?

Que je peux être contradictoire. Je me fatigue moi-même parfois.

Un SMS suit instantanément :

Franck 16 h 34.

Ah ouais, je suis définitivement à la hauteur de ma réputation ?

Je souris car cette question est purement masculine, quand un second message arrive.

Franck 16 h 34.

Je suis à la salle. Pendant que d'autres se la raclent sur le canap', non ?

Il nous connaît un peu trop bien. Vers quoi nous allons tous les deux ? J'ai l'impression que nous rentrons dans une sorte de jeu dangereux mais tellement tentant. Je regarde Clarisse qui, elle aussi, est plus intéressée par sa conversation par SMS que par la TV qui braille.

16 h 35.

Oui et oui.

Je préfère rester vague, j'ai la trouille et me tempère. Je préfère ne pas en dire assez que trop. Mais en même temps mon cœur s'affole agréablement dans ma poitrine et il y avait bien longtemps que je n'avais pas ressenti cette sensation délicieuse et exaltante.

– T'as pas envie de chocolat ?

Je balance à Clarisse en sachant d'avance qu'elle adhérera car le chocolat et nous, c'est une grande histoire d'amour.

– Ouh, toi t'es perturbée ! T'as quoi dans tes placards ?

Je sors la panoplie de la parfaite dépressive mais conserve de côté le nougat que Franck m'a offert pour une urgence éventuelle. J'attrape un soda pour Clarisse et une bouteille d'eau pour moi et nous nous goinfrons, toujours aimantées par nos portables. Je reçois un retour :

Franck 16 h 37.

Pourquoi es-tu restée aussi silencieuse ?

Je réalise que ni lui ni moi n'avons le courage de nommer notre baiser. Nous l'esquivons minutieusement.

16 h 37.

Tu étais en colère. Je ne te connais pas ainsi et j'ai pas compris. Ça m'a chamboulée. Complètement.

Je reprends un carré de chocolat. Il a un pouvoir magique et apaisant mais devient vite écœurant. Il répond aussitôt :

Franck 16 h 38.
T'es restée de marbre. Pas compris non plus. Je n'ai su ni penser ni agir.

16 h 38.
De marbre ? ! T'abuses. J'ai suivi le mouvement il me semble…

Franck 16 h 38.
Je ne parle pas de ça. Tu le sais très bien. Commence pas à tenter d'esquiver. Ton mouvement était franchement agréable…

Ça ? Ce mot vient confirmer ce que je pense, impossible de poser le juste terme. Il insiste et il faut que je m'explique.

16 h 38.
Totalement prise au dépourvu. Le chaos. La situation m'a échappée.

Franck 16 h 38.
Wahou c'est l'effet que je fais ! ! !

Je ricane devant sa connerie. Ce mec est une véritable tête à claque prétentieuse ! Mais je le kiffe.

Franck 16 h 39.
Plus sérieusement. La colère c'était contre moi-même. J'ai flippé. Peur d'avoir tout gâché et de te perdre. Tu peux être tellement bizarre parfois…

Bizarre ?! Comment ça bizarre ?

16 h 39.
Bizarre ?!

Franck 16 h 39.
Ouais, bizarre. Contradictoire et impulsive. Toi, quoi !

16 h 39.
Pff ! Pff ! Pff !

Je sais qu'il a raison mais la mauvaise foi est l'option la plus simple.

Franck 16 h 39.
Fais pas ta gamine.

16 h 40.
Na na na na nèèè-re !

Franck 16 h 40.
Et ta débile aussi. Si tu continues, je viens te mettre une fessée !

Il l'interprète comment la fessée, là ? Est-ce une simple réponse à ma débilité puérile ou comporte-t-elle un sous-entendu ?

16 h 40.
C'est malin, maintenant je ne sais plus quand tu plaisantes et quand tu es sérieux !

Franck 16 h 41.

Pourquoi ? Tu préfères laquelle ? La punitive ou l'autre ? Y'en a une que je maîtrise à merveille…

Je m'imagine soudain à quatre pattes, Franck me chevauchant et claquant vaillamment ma fesse d'une main vigoureuse. C'est subitement humide dans mon string.

16 h 42.

Tu t'es entraîné avec la serveuse ?

Non mais pourquoi j'ai sorti ça ?! En bon Scorpion que je suis il a fallu que je dégaine et distille mon venin. *Conne! Conne! Conne!* Mais apprend à tenir ta langue, Alex! Pourquoi je ramène Mathilde sur le tapis, soudain ? Elle n'a rien à faire là et je ne veux surtout rien savoir. Habituellement, je le questionne sur la tournure de ses soirées mais aujourd'hui je préfère totalement l'ignorer. Mon cynisme a pris le dessus sur ma volonté. Ces propos sont inappropriés et mesquins, purement féminins. Je viens de jouer avec le feu et me mords la lèvre en attendant impatiemment une réponse. Je n'aurais pas dû aller aussi loin, ce n'était vraiment pas le moment. Les minutes passent et rien ne vient. Je jette un œil à Clarisse qui a sombré dans le sommeil tandis que son téléphone continue de vibrer. Mon portable bipe subitement et mon cœur manque de se décrocher.

Franck 16 h 54.

Tu veux vraiment savoir ? La serveuse comme tu l'as nommé est partie ce matin en tirant la gueule. Parfaitement légitime d'ailleurs car oui, je l'ai sautée toute la nuit mais sans aucun désir. Un véritable objet pour exorciser ce qui bouillait en moi. Alors non, je ne l'ai pas fessée dans nos moments d'intensité car il n'y en a eu aucun. Je pars sur Paris demain et t'appelle en fin de semaine. Nous avons je pense, tous les deux besoin de temps et d'espace pour dissiper ce malaise. Tu vas me manquer. Je t'embrasse. Sur la joue, je préfère préciser.

Oops ! Je l'ai gravement énervé là. Il est en colère contre moi et au fond je récolte ce que je mérite. Je relâche ma lèvre prisonnière de mes dents et c'est douloureux. Je dois m'excuser mais j'ai horreur de le faire. Ma fierté démesurée me freine à reconnaître mes torts alors que ma raison me gronde fermement en me tirant l'oreille. Je tape sur mon clavier :

16 h 59.

Je m'excuse d'avoir balancé ça… Bonne semaine. Tu me manques déjà. Je t'embrasse aussi.

Je suis au bord de l'étranglement quand j'envoie le texto. *Il faut savoir se montrer mature et prendre ses responsabilités.* Voilà ce que je me rabâche tel un mantra pour faire passer la pilule. Je pose mon téléphone sur la table, sachant pertinemment qu'il n'y aura aucun retour de sa part, et me jette à nouveau sur le chocolat sous la contrariété. Clarisse s'éveille, cherche l'heure et baragouine qu'elle doit rentrer.

– Ça va ? demande-t-elle devant ma mine rembrunie.

– Ouais, claquée.

Je n'ai pas envie d'en parler au risque de me mettre à chouiner.

– Te téléphone tout à l'heure.

Par chance, elle est encore embrumée par le sommeil et sa cervelle tourne au ralenti. Elle enfile ses baskets et me bise.

– Bye, ma grosse.

Je file dans la salle de bains. La journée se termine avec la visite de mon fils qui dîne à la maison avec sa copine. Leur présence m'apaise et me permet de ne pas cogiter. Je me couche et m'endors sous la fatigue et la morosité après avoir papoté rapidement avec mon acolyte.

*

Lundi défile à la vitesse grand V. Ménage, courses, esthéticienne, manucure et sport. Je me glisse dans un bain brûlant accompagnée par Tracy Chapman en musique de fond. Parfait pour alimenter la glauque-attitude. Demain sera une grosse journée au magasin car j'attends une livraison importante. J'ai hâte d'installer en rayon mes nouveautés et les faire découvrir à mes clientes. Je me plais réellement dans ma boutique chic, c'est mon espace que j'ai agencé de mes goûts personnels. Des murs ardoise sur un sol blanc chamarré de gris donnent du cachet très contemporain. Les rayonnages et les lustres chromés assurent une finition élégante avec son décor tirant sur le baroque. Les cabines sont parées de cuir mural noir et capitonné où j'ai disposé des poufs argentés assortis aux rideaux. Des spots diffusent une importante luminosité. La musique d'ambiance est assurée par NRJ. Et sur le comptoir trône une plante verte qui s'étale progressivement. J'aime cette relation avec la clientèle que j'oriente et conseille au gré de leurs envies et coups de cœur. Une vraie confiance s'est construite avec certaines, qui reviennent régulièrement afin de dénicher la tenue dans laquelle elles se sentiront confiantes, belles et séduisantes.

Lundi s'achève au téléphone avec Clarisse. Nous papotons un moment puis restons silencieuses devant la TV. C'est une façon bien à nous d'être ensemble malgré la distance. C'est lorsque je commence à sombrer que je lui souhaite une bonne nuit et raccroche. L'arrivée d'un SMS tinte subitement. Mon cœur s'emballe instantanément. Je chope mon téléphone et il palpite carrément quand je vois le prénom de Franck sur l'écran.

Franck 22 h 20.
Bonne nuit, p'tit ange.

Oh ! Il doit être moins colère. Ce message inopiné me rassure quelque peu. Je réponds aussitôt :

22 h 20.
Merci. Bonne nuit à toi aussi. Bisous.

Dans le noir, mes pensées vont vers Franck et il réapparaît se penchant sur moi et déposant sur mes lèvres ce délicieux baiser. Mes seins pointent à ce souvenir et mes doigts se faufilent sous mon string à la recherche de mon clitoris. Le malaxant d'abord doucement puis plus rapidement. Mon souffle s'accélère quand les prémices de la jouissance envahissent et tiraillent le centre de mes cuisses. Je jouis dans un gémissement étouffé. Et ce soir, je m'endors le cœur moins lourd.

Jour 1, mardi

Il pleut à verse dehors. De grosses gouttes viennent s'abattre sur les vitres striées de la salle de bains. Je vais encore friser comme un mouton. La bonne humeur pétillante de Manu et ses acolytes qui traverse les ondes de la radio est communicative et je veux croire à une belle journée qui s'annonce malgré la grisaille et la morosité extérieures. Après avoir dompté ma chevelure rebelle, redessiné les boucles de mon carré et planté mes solaires en guise de serre-tête sur mon crâne, je m'attaque au maquillage. Je peste car je suis quasiment sur la pointe de pieds tant Franck a fixé le miroir trop haut. Sans réfléchir, il s'est fié à sa propre hauteur, mais je suis petite et le décalage m'handicape sérieusement. « Fallait manger ta soupe! », se moque-t-il régulièrement de mon mètre cinquante-huit. Légère touche d'anticernes, mascara, fard à paupières, eye-liner, voile de teint et blush. Le tout dans un dégradé de ton marron glacé coordonné à mes yeux en amande. Un rouge à lèvres *nude* et le tour est joué. Je souris à moi-même devant le miroir. J'ai lu quelque part que le sourire est le baiser de l'âme. Un sourire de vainqueur car je me plais dans ma petite robe noire. Elle est fluide et courte, ceinturée aux hanches. Une paire de collants protège mes jambes. J'accessoirise d'un sautoir et d'anneaux aux oreilles. Je fourre dans un sac à dos tout le nécessaire pour les retouches coiffure et maquillage. Avec ce temps mieux vaut être prudente. Je suis fin prête pour affronter ma journée alors que j'enfile des boots montantes et m'emmitoufle dans une veste épaisse.

La pluie a cessé quand j'arpente la rue où ma boutique est implantée. Seul un vent glacial perdure, embarquant sous son souffle les feuilles tombées des platanes. Les pigeons virevoltent de fenêtres en rebords de toit, en roucoulant. Je croise quelques personnes marchant d'un pas rapide. La circulation est dense et déjà les klaxons retentissent d'impatience. En avance, je profite des vitrines alentour. Mon regard s'arrête sur une somptueuse paire de boucles d'oreilles Guess assorties au collier que je me suis offert récemment. Elles brillent de tout leur éclat derrière la vitrine joliment décorée et je décide de fermer boutique plus tôt afin de passer rapidement les acheter.

Sitôt le rideau de fer levé, je préviens sur une affichette, ma clientèle de ma fermeture exceptionnelle. J'aligne correctement mes rayonnages, plie et replie puis le livreur arrive. Je découvre avec émerveillement la collection que j'attendais et me réserve quelques doublons. Avec le rangement et les clientes qui affluent, j'enchaîne toute la matinée. Je reste étonnée du nombre de touristes encore présents à cette période de l'année. L'heure de fermer boutique arrive alors que je me couvre chaudement et cale mon sac à dos à l'épaule. La pluie tombe de plus belle, créant de larges flaques aux abords de la chaussée. C'est en courant cachée derrière mon parapluie que je gagne la bijouterie. Le vigile m'accueille en ouvrant la porte et me saluant tandis que je remets de l'ordre dans ma chevelure bouclée. Ce grand gaillard est impressionnant et son sourire chaleureux. L'intérieur est épuré. Le blanc domine les vitrines à fond noir où une multitude de bijoux scintillant trônent fièrement. Un couple semble choisir un collier pour Madame alors qu'une dame âgée hésite entre plusieurs modèles de bagues qu'elle essaye tour à tour. Une vendeuse s'approche dans un sourire éclatant, portant une magnifique parure mêlée d'or et d'argent et me propose d'essayer les boucles sélectionnées. J'adore ces pendants qui brillent et remuent à mes oreilles. Mon regard se perd sur le reste de la collection quand j'entends soudain, un bruit violent. L'expression du visage de la vendeuse change radicalement. Je me retourne aussitôt et remarque le vigile au sol. Il tente de se relever mais un homme cagoulé le maintient fermement à terre. Je ne comprends rien à l'action qui se déroule devant moi avec l'impression de me trouver devant mon écran. L'homme est armé et tient en joue le vigile dont le visage lèche le carrelage.

– Tu bouges, j'te bute !

La voix grave et agressive de l'homme me projette dans cette réalité et je frissonne d'effroi. Mon cœur sort de ma poitrine et mon souffle se coupe alors que je couvre mon visage de mes mains comme pour me cacher. Deux hommes eux aussi masqués se tiennent devant l'entrée. L'un est plus grand que l'autre et chacun a une arme dans ses mains gantées. Cette vision me tétanise et je reste figée sur mes pieds.

– Obéissez et aucun mal vous sera fait. À terre, les mains derrière la tête ! crie l'homme en appui sur le vigile.

Cet ordre résonne contre les murs du magasin et ricoche sur mes oreilles.

Instinctivement nous formons un groupe, créant une farandole solidaire et rassurante et nous nous agenouillons, les mains nouées sur nos nuques. La vendeuse pleure en silence tandis que de grosses larmes coulent sur ses joues pâles. Elle me fixe, pétrifiée et suppliante. Je n'ose pas bouger les yeux et continue à la dévisager. Une autre voix s'élève et demande froidement le responsable. Un homme de notre groupe lève fébrilement une main tremblante.

– Le coffre ! crache l'homme.

Il se lève en vacillant et guide le braqueur qui emboîte ses pas dans une pièce attenante. Son acolyte dévalise les vitrines dans un fracas épouvantable, je sursaute au verre qui se brise et à chaque objet qui s'abat au sol. La vendeuse tremblote à présent et ne peux contenir ses sanglots. Je ferme les yeux afin de ne plus la voir et tente de laisser divaguer mes pensées pour échapper à cette situation terrifiante. Mais je n'y parviens pas, elle est trop présente et je ne peux m'en détacher. Je reste prisonnière et paralysée de cette réalité horrifique. Mon sac pèse sur mon épaule, je tangue presque mais je ne dois absolument pas céder et me faire remarquer. J'entrouvre la bouche, cherchant mon souffle afin de réguler mon rythme cardiaque affolé. L'homme surgit de derrière le comptoir tandis que le responsable réintègre docilement sa place auprès de nous. Le second termine son carnage, cessant ainsi le brouhaha infernal qu'il causait. Subitement, les sirènes hurlantes de la police retentissent de l'extérieur. Elles semblent lointaines encore mais s'approchent progressivement et une lueur d'espoir d'un secours imminent me ranime radicalement.

– Merde! crie l'homme qui retient le vigile. Prends en un ça peut servir.

Prendre quoi?! Je m'affole en comprenant l'allusion. Soudain, on tire ma veste et me soulève brutalement. *Mon dieu, non! Pas ça.* Je supplie intérieurement. Je n'ai pas d'autre choix que de suivre ce mouvement que l'on m'impose tenacement alors que ma respiration cesse. Je n'entends ni ne vois rien, pendant que le néant m'aspire. Un bourdonnement effroyable résonne dans mon crâne tandis que la pluie gifle violemment mon visage. En une fraction de seconde, je suis précipitée dans une voiture. Je tombe lourdement sur la banquette arrière, mon visage s'étale sur le siège pendant que mon sac à dos bascule sur ma tête. J'essaie de me relever quand un homme me bouscule vigoureusement pour prendre place à ma gauche tandis qu'un deuxième m'agrippe et me plaque au siège pour intégrer ma droite. Le dernier claque la porte passager avant en hurlant:

– Roule!

Le véhicule démarre en trombe et les pneus crissent sur la chaussée en semant une épaisse fumée blanche. Les sirènes nous suivent alors que nous roulons à vive allure. Je suis prisonnière et paniquée entre quatre hommes cagoulés. Je suffoque et j'ai la nausée, mes mains sont crispées sur mes cuisses, je n'ose pas bouger, pétrifiée. À l'extérieur, les badauds vaquent sereinement à leurs occupations alors que je m'enfonce dans mon cauchemar. Ils m'emportent et m'éloignent impitoyablement de mes repères. Lentement, les sirènes se distancent, m'abandonnant à mes bourreaux quand seul le vrombissement sourd du moteur du véhicule reste perceptible. L'homme de ma droite me tend une main en lançant autoritairement :

– Portable !

Il m'est impossible de bouger ni d'effectuer le moindre geste tant ces yeux verts qui me fixent me tétanisent. Il tripote son flingue et le bloque dans son dos avec sa ceinture de pantalon puis fouille mon sac bandoulière fidèlement accroché et sort mon téléphone. Dans un geste organisé, il boucle ma ceinture de sécurité, descends la vitre et balance mon portable à l'extérieur qui se fracasse lourdement sur la chaussée. *Le fils de pute !* Je fulmine intérieurement, dénuée subitement du seul lien social qui me restait. J'éprouve une véritable haine envers cet homme caché derrière cette cagoule noire. Je bous littéralement d'un désir violent de le maltraiter mais la peur me bride, il est armé. Il m'ignore totalement, fixant la route. Un silence pesant règne dans l'habitacle, dans une tension oppressante. La pluie pulvérise le pare-brise pendant que les essuie-glaces balaient frénétiquement son passage. Le conducteur reste impassible, concentré sur sa mission. Nous tournons soudainement sur un chemin de terre. Les alentours ne sont que broussailles et herbes hautes. Le chemin escarpé secoue sensiblement la voiture et je tente de m'accrocher fermement mais je bascule de tous côtés. J'ai perdu toute notion de temps et d'espace et le passage lugubre dans lequel je m'enfonce m'angoisse quand subitement, j'entends :

– You-hou, à nous les millions !

Celui à ma gauche ôte sa cagoule et la fait virevolter allègrement au-dessus de sa tête.

Putain mais c'est un gosse ! Je suis sidérée par la vision de ce gamin qui se recoiffe joyeusement. L'homme à l'avant se retourne instantanément et rage :

– Putain mais quel connard ce morveux ! Elle a vu ta gueule maintenant !

Son regard est noir, chargé de haine. Son poing s'écrase à plusieurs reprises sur le tableau de bord pendant qu'il explose et continue à l'injurier. J'ai vu son visage et je suis maintenant capable de l'identifier. Ils vont me buter. Ces mots résonnent en moi tel un écho contre la montagne. Je ferme les yeux et recouvre ma figure de mes mains sous le désespoir qui m'écrase pendant qu'une colère vive et hargneuse s'immisce et s'empare de moi. Dans un geste incontrôlable, je mets une gifle magistrale au gamin qui m'assassine de ses yeux ronds, scotché au siège. Hystérique, je hurle et l'insulte en continuant obstinément à donner des coups en rafale. Se recroquevillant, il cache son visage et j'aperçois son arme. L'homme à côté m'agrippe et me plaque à lui. Le gamin en rage se relève, hurle en postillonnant : « Je vais te crever salope ! », tout en pointant son arme qui s'enfonce sur mon front. Ses narines se gonflent sous la fureur et sa bouche est pincée, grognant tel un animal sauvage.

– Pose ce flingue ! ordonne mon bourreau qui me protège de ses bras.

Les secondes s'écoulent mais le gosse ne s'exécute pas, toujours penché sur moi. Son souffle acharné percute ma peau tandis que je pleure ma peur, m'accrochant désespérément à l'homme, mes doigts perçant sa chair au travers de sa veste.

– Bouge ! exige-t-il à nouveau.

Le gamin cède et baisse son arme, essuyant sa bouche dans un revers de la main. Je reste paralysée dans les bras de mon bourreau. Le véhicule s'arrête. L'homme à l'avant sort et ferme la porte d'un coup de pied violent. Il aboie en jurant :

– Il nous a mis dans la merde cet enculé !

Personne ne bouge ni m'émet le moindre son. Le conducteur tient toujours fermement son volant. L'homme me lâche et ordonne au gamin de sortir, indiquant au conducteur qu'il me laisse sous sa surveillance et qui acquiesce de la tête dans une nonchalance stupéfiante. *Mon Dieu je Vous en supplie, aidez-moi.* J'implore une âme céleste pour avoir de l'aide. Mon crâne va exploser et des remontées acides brûlent mon œsophage. Mes forces m'ont abandonnée et je ne parviens plus à pleurer. Ma respiration n'est plus qu'un fin filet de survie. Je sors un mouchoir de mon sac et essuie mon visage irrité. Dehors, la discussion est animée. Je parviens à les dissocier à leurs morphologies différentes et distinctes. Celui de l'avant, gesticule dans de grands gestes devant le gosse figé, baissant misérablement la tête, sûrement honteux et gêné. Celui de ma droite écoute sans bouger. Le premier est de taille moyenne et trapu, le second grand et mince. Ils regagnent la voiture et le conducteur démarre. Tous, m'ignorent complètement alors que nous roulons quelques minutes encore et arrivons à hauteur d'un impressionnant 4x4 noir garé dans un recoin. Ils descendent et je reste seule à bord. Que vont-ils faire de moi ? L'instant fatidique est-il arrivé ? Je me recroqueville sur moi-même, espérant ainsi disparaître. Ils s'affairent à transférer de gros sacs d'un coffre à l'autre. Soudain, l'homme de ma droite s'approche, se penche sur moi, me fixant de ses grands yeux verts. Ce regard m'immobilise au siège.

– Dans l'autre bagnole.

Son regard intense me pénètre presque mais je suis subitement soulagée qu'ils m'embarquent avec eux et ne me fais pas prier pour m'exécuter rapidement. Au moins je ne pourrirai pas ici, une balle dans le crâne. Traînant mon attirail derrière moi, j'intègre la place arrière centrale de ce nouveau véhicule. Elle est spacieuse et une odeur de cuir habite l'intérieur. Je remarque sur le volant le sigle BMW. Combien de fois Franck a-t-il évoqué les X5 ou 6 alors que je l'écoutais sans vraiment lui prêter attention ? Aujourd'hui je crois que je suis à bord de l'une d'entre elles. À la pensée de Franck, je me raidis instantanément. Mon dieu Franck, mon fils, Clarisse, ma famille, tous doivent être rongés par l'inquiétude. J'ai maintenant dû être identifiée et ils ont dû être informés de la situation. Je réalise avec horreur que je suis otage avec tous les risques que le statut comporte. Je culpabilise amèrement de faire vivre autant d'angoisse à mes proches, bien que ce cauchemar soit indépendant de ma volonté. Je voudrais pouvoir m'évaporer avec mes pensées et m'échapper du mauvais rêve où je me trouve emprisonnée.

Le conducteur réintègre son poste, il n'est qu'une silhouette anonyme et imposante mais je m'aperçois qu'il a retiré son masque et ses gants. Il est black. Son cou et ses épaules sont larges et ses cheveux courts, grisonnants. À l'extérieur, le gosse verse de l'essence sur la voiture que je viens de quitter. Je me crois dans un film tant la réalité rejoint la fiction, et j'en suis la malheureuse et désespérée héroïne donnant tout ce qu'elle possède pour s'extraire de ce rôle. Les hommes qui contrôlent sa besogne retirent à leur tour leurs cagoules et je découvre hypnotisée le visage de mes bourreaux. Celui qui m'a embarqué est grand avec une silhouette élancée. Ses cheveux mi-longs châtains et ondulés encerclent un visage fin au teint mat. Ses joues sont creusées et son regard vert, cerné. Je ne parviens pas à cerner son âge. Il balaye sa chevelure sur le côté et allume une cigarette. *Putain, je fumerais bien une clope !* Cela me permettrait peut-être de me détendre. Mon corps est douloureux tant il est tourmenté. Il tend le paquet à l'autre, la bonne soixantaine malgré des cheveux très noirs en accord avec son regard. Seul son bouc bien taillé est blanchissant. Cet homme a l'autorité et le charisme du chef de bande derrière ce visage fermé et bourru. Le gamin qui s'active et transpire est grand et d'une maigreur presque maladive. De grands yeux bleus intenses lui mangent la figure, une épaisse chevelure bouclée et en bataille lui tombe sur les oreilles et le front. Comment peut-on en arriver là, aussi jeune ? Quelle histoire familiale tragique et chaotique l'a progressivement emporté à ce point de non-retour ? Mon instant d'éducateur refait surface devant cet enfant qui attise en moi de la pitié. Il balance les jerricans, accompagnés des cagoules et des gants dans le coffre et tous ont un mouvement de recul. Les deux hommes jettent d'une pichenette leurs cigarettes qui embrasent instantanément la voiture. Je sursaute sous la surprise et le spectacle ahurissant. Une vague de chaleur s'étend, empreinte d'une forte odeur de plastique brûlé. Tous, regagnent leurs places attitrées et le conducteur démarre rapidement, laissant derrière nous un épais nuage de poussière.

Une déflagration tonne dans un fracas sourd. Je sursaute à nouveau, plantant mes ongles dans le cuir dur. Celui de ma droite chope mon sac à dos, le fouille rapidement puis me le rend. Le silence règne dans l'habitacle tandis que la voiture avale les kilomètres à vive allure. Je regarde sans le voir défiler le paysage et réalise soudain que la nuit est tombée. Les lumières envahissent sous la nuit, l'horizon. Quelle heure peut-il être ? Je cherche l'heure sur le tableau de bord et l'horloge digitale affiche 18 h 46. Je devrais presque avoir terminé ma journée, m'apprêtant à rentrer alors que je m'éloigne sous la distance. Les miens doivent être submergés par le chagrin et cette pensée me torture. J'imagine mon portable gisant écrabouillé sur la route, il m'aurait permis de les rassurer. Mes yeux se posent sur l'auteur de cette infamie et je remarque qu'il me scrute avec insistance. Mon regard rejoint immédiatement mes mains car il m'intimide et me fait peur. Pourtant, il n'a pas le faciès d'une personne dangereuse, aucun d'entre eux d'ailleurs et encore moins le gamin. Peut-être le black que je n'ai pas eu l'occasion de voir de face mais ses yeux noirs que je croise parfois dans le rétroviseur m'impressionnent mais ne me terrorisent pas. Existe-t-il vraiment un faciès typique et particulier dédié à ce genre de personnages habités par la haine et la cruauté ? Aucun d'entre eux ne m'a fait délibérément de mal, à part lors de l'action avec le gamin quand la situation a bigrement dérapé. *Ça a dû le faire bander ce connard de dégainer et brandir son flingue face à une proie emprisonnée et désarmée.* Mais je dois bien admettre que je n'aurais pas apprécié recevoir celle que je lui ai décollée. Et peut-être qu'en de mêmes circonstances, j'aurais aussi réagi violemment. La pensée de cette arme plantée sur mon front me fait frissonner et je vérifie du bout des doigts si la marque est toujours ancrée dans ma peau. Je retire mes solaires de ma chevelure ébouriffée et me masse les tempes, mon mal de crâne épouvantable est toujours aussi récurrent.

Subitement, je réalise que les pendants Guess sont encore accrochés à mes oreilles. J'ai aussitôt envie de chouiner lorsque je pense aux terribles conséquences qu'a entraîné mon désir de m'offrir ces boucles. Pour le coup, je les ai largement méritées ! Je roule vers l'inconnu, cernée par quatre mecs armés m'arrachant à ma vie et aux miens. Le visage de mon fils m'apparaît soudainement et je donnerais tout ce que j'ai pour le rassurer et atténuer cette souffrance que ces circonstances lui infligent, tandis que je demeure dans cette foutue bagnole, impuissante. Je songe aussi à Franck et à ce baiser que nous avons partagé. Son dernier SMS empreint de tendresse : « Bonne nuit, p'tit ange », et soudain je veux ses bras protecteurs autour de moi. Clarisse traverse mon esprit, elle arrive belle et guillerette et me fait sourire dans mon cauchemar. Mes pensées, libres et précieuses me transportent loin de cette voiture et de mes bourreaux.

*

Je m'éveille lorsque la voiture s'arrête, garée à proximité d'une station-service dans la pénombre d'un parking. Le sommeil m'a aspirée, incontrôlable, et les circonstances de ma présence dans cette bagnole me reviennent de plein fouet. Les images défilent devant mes yeux tel un diaporama angoissant : mon sourire de vainqueur dans ma salle de bains, mon coup de cœur devant la vitrine, mon déballage de la nouvelle collection, mon arrivée à la bijouterie puis le vigile au sol, la terreur devant ces hommes cagoulés, cette main qui me traîne, les sirènes qui s'éloignent, le gamin qui me braque... Une boule se forme dans ma gorge et les larmes luttent pour ne pas déborder.

Les deux hommes à l'avant et le gosse descendent en claquant les portes. Ce foutu mal de tête ne me quitte pas, ma nuque est douloureuse et je la masse en gémissant. J'ai soif, ma vessie réclame d'être soulagée tandis que je me dandine sur le siège, lasse malgré ce repos et exaspérée d'être confinée. Je croise en gigotant le regard de l'homme sur ma droite qui me contemple de ses grands yeux verts.

– Nous nous arrêterons plus loin que tu puisses prendre l'air.

A-t-il la faculté de lire dans mes pensées ? *Va te faire foutre !* Je peste intérieurement. *Je pisserais sur le siège si je n'étais pas retenue prisonnière dessus.* Je l'ignore complètement dans l'espoir que cela provoque sa disparition immédiate. Il me tend mes lunettes ramassées au sol que je récupère et les plante sur mon crâne sans un merci. Aucune envie de lui adresser une quelconque parole et si j'ouvrais la bouche, je lui gerberai dessus tant il m'insupporte. Je ne m'abaisserai pas non plus à le supplier de me libérer, il n'est pas utile de réfléchir pour en déduire que je suis devenue dangereuse pour eux, capable à présent de tous les identifier et qu'il ferait plus rapidement le choix de me buter que de me relâcher. Le black rejoint son poste et je découvre son visage. De petits yeux noirs sur de grosses joues et un nez épaté, rien d'un méchant malgré sa carrure impressionnante. L'homme quitte la voiture à son tour.

Le courant d'air qui pénètre l'habitacle me rafraîchit tandis que je le respire à pleins poumons. Le conducteur n'émet aucun son, à croire qu'il est muet. Le temps me paraît interminable alors que ma vessie me taraude encore davantage, prête à déborder. Je me tortille en espérant leur retour imminent et quand j'aperçois leurs silhouettes approchant, je soupire de soulagement. L'homme qui réintègre ma droite me tend un sac bien rempli alors que le véhicule reprend sa route. S'y trouvent deux bouteilles d'eau, un Yop, une bouteille de jus de fruit, un paquet de Granola, un sandwich au poulet, des chips et un paquet de lingettes pour bébé. *Merci connard*, je pense sans un regard. Ma culpabilité surgit et me fait la leçon : *Il t'a ramené de quoi t'alimenter !* Mais sitôt la raison la contredit : *Après avoir fait basculer ta vie radicalement, c'est la moindre des choses !* Ma famille et mes amis pleurent ma disparition, je suis contrainte de rester enfermée dans cet espace confiné où l'atmosphère est irrespirable tant nous sommes entassés depuis des lustres. Je veux pisser, boire, marcher, fumer et j'ai envie de chouiner de désespoir. J'ouvre une bouteille et la descend de moitié pour me calmer, mais mon envie de me soulager me torture férocement à présent. Mes sphincters manquent de lâcher quand enfin le passager demande au chauffeur de s'arrêter. Il freine et tourne sur un chemin perpendiculaire parcourant quelques mètres avant de s'arrêter, laissant les phares dans la nuit noire. Le passage est entretenu mais les abords ne sont qu'herbes hautes et taillis. Devant nous, apparaît sous la lumière la lisière d'une forêt. Celui à ma droite ouvre la porte et je suis immédiatement sans attendre les ordres.

Le vent frais caresse ma peau tandis que je prends une longue inspiration, enivrée par l'odeur rafraîchissante de l'herbe humide. Le lieu est paisible, seul le cri d'un oiseau vient déchirer le silence feutré. Je crapahute jusqu'à la forêt, pressée par mon envie atroce tandis qu'il me suit comme un chien de garde. Je me cache derrière un large tronc d'arbre et enfin je me délivre de cette agonie dans un gémissement d'extase. Les herbes chatouillent mes fesses alors que je cherche un mouchoir. Lorsque je me redresse, l'homme à proximité souffle :

– Même pas t'y pense, je cours plus vite que toi.

Non mais quel gros connard celui-là ! Ce mec m'horripile tant il est capable de lire mes pensées. Plissant des yeux afin de distinguer les formes qui m'entourent, ma cervelle tournant à plein régime, je scrute déjà les alentours. La tentation est trop forte et l'occasion parfaite pour m'échapper car l'issue qui m'attend est fatale, sans aucune autre alternative, convaincue qu'au bout du chemin ils me butteront. Sans réfléchir davantage, je me lance dans ma course. « Putain ! », crie le gars alors que j'entends ses pas emboîter les miens. J'avance presque à tâtons, de façon empirique dans l'obscurité épaisse que seuls de fins rayons lunaires percent insensiblement. Les branches fouettent mon visage, agrippent mes vêtements, tirent mes cheveux. Mes jambes flanchent et mes chevilles se tordent sur les racines et les pierres tapissant le sol bosselé et incertain mais je ne fléchis pas et persiste, tenace dans mon élan, les bras en avant pour anticiper les obstacles se dressant sur mon chemin. Mon souffle s'affole et je maudis ma première cigarette quand soudain il m'agrippe et me freine brutalement. Je me débats en criant et assène des coups dans les airs quand mon poing percute violemment son visage mais il me maîtrise, plus fort et plus costaud que moi, me plaquant contre un arbre, les mains maintenues fermement dans mon dos.

– Calme-toi ! ordonne-t-il.

Je cherche l'air pour alimenter mes poumons, puis dans ce désespoir qui m'accable, je fonds en larmes, fixant la lune se frayant un chemin au travers des cimes gigantesques des arbres.

– Chut, murmure-t-il tout bas comme on console un enfant.

Je l'entends à peine, noyée dans mon chagrin. Il me maintient solidement, son corps contre le mien et s'il ne me soutenait pas ainsi, je m'effondrerais tant mes forces m'ont abandonnées. Un sifflement puissant résonne dans la forêt muette et il y répond de la même façon. Desserrant son étreinte, mes mains se libèrent mais restent pendantes. Je suffoque, sanglote, me sentant partir dans les abîmes de la détresse et du chagrin.

– Chut, répète-t-il en encerclant mon visage de ses mains chaudes, caressant mes joues, balayant mes larmes.

Sous ce contact doux, je m'apaise progressivement, ma respiration se régule, mes pleurs cessent. Nous restons ainsi dans cette noirceur déchirée par d'infimes filaments lunaires, un instant, un moment, je ne sais plus. Le temps a suspendu son vol éternel.

– Je sais que tu as peur, murmure-t-il, ses yeux floutés cherchant les miens. Personne ne te fera de mal, je te le promets. Peux-tu essayer de me faire confiance ?

Ses paroles me surprennent autant qu'elles me déconcertent. Mon bourreau me console en m'étreignant tendrement et ce comportement me déstabilise complètement. Je tente de discerner son visage mais l'obscurité le drape de son voile épais et sombre. Pourtant il est si près de moi que son souffle effleure ma peau.

– Nous voulons juste quitter le pays ensuite nous te relâcherons. Nous ne sommes pas des tueurs et le serons jamais. Il faut juste que tu sois patiente.

Sa voix est empreinte d'une sincérité réconfortante à laquelle j'ai désespérément envie de me raccrocher. Mais comment faire confiance à cet homme entré dans ma vie dans cette brutalité traumatisante ? J'acquiesce silencieusement de la tête car il m'est impossible d'émettre le moindre son. De toute façon, je n'ai pas d'autre choix. Un sifflement s'élève de nouveau, traversant la forêt, et il y répond encore par le même son. Est-ce un code, bien à eux pour communiquer ?

– Je peux te lâcher maintenant ?

Demandant de manière détournée si je vais rester sage et docile. Je hoche la tête en guise de réponse. Il s'éloigne alors qu'étrangement quelque chose que je ne sais définir m'interpelle et me trouble chez lui.

– Tu dois manger, boire et sûrement fumer une cigarette.

Il se tait quelques secondes et reprend :

– Même si ta maman t'a sagement conseillé de ne rien accepter d'un inconnu.

L'allusion me questionne alors que je devine qu'il sourit. Comment sait-il ça ? Mon cerveau quelque peu en carafe suite aux multiples et innombrables tumultes de la journée, rame. Mais d'un coup, je tilte.

– C'est pas possible !

J'hallucine et sous la stupeur les mots sont sortis tout seul. Ce mec qui se tient devant moi est l'auteur anonyme des messages que nous avons échangés au *Private*. Sidérée par cette révélation, je le fixe, statufiée. Aucun autre mot ne sera prononcé, pourtant une nuée de questions se bouscule dans ma cervelle. De quelle façon passe-t-on du statut d'auteur d'écrits subtils et délicats au braqueur froid et déterminé que j'ai vu dans cette bijouterie ? Quand a-il pris conscience que j'étais celle avec qui il a échangé de manière romanesque ? M'a-t-il enlevée délibérément, m'ayant reconnue et sachant qui j'étais ? Un sifflement plus long et virulent me tire de ma réflexion éberluée, déchirant le mutisme discret et serein du sous-bois. Il y répond par deux brefs.

– Faut qu'on y aille.

Je le suis tel un robot tant je suis désorientée par sa confession amusée tandis qu'il passe une main dans ses cheveux, jetant un œil régulier de mon côté. Vérifie-t-il que je reste raisonnable dans son sillage ? Revenus à la voiture, le passager avant ironise en ricanant :

– Agréable cette balade en forêt ?

Je reste placide, n'ayant plus la force d'injurier, lasse et épuisée de ces émotions trop intenses qui se succèdent inlassablement. Le black pouffe à son tour. *S'il est muet, il n'est pas sourd celui-là.* Quant au gosse, il reste de marbre, appuyé au véhicule, fumant une cigarette. Je fouille mon mini-sac bandoulière et y tire une clope. Même si cette petite chose est toxique, elle reste une alliée précieuse dans les moments de perdition. Sous mes doigts, mes yeux boursouflés tiraillent, mes joues sont griffées et irritées. Je ne dois ressembler à rien. Mais qui se préoccuperait de son image en de telles péripéties ? Un instinct de survie purement féminin sans doute… Mes méninges s'excitent à nouveau : samedi, il me drague galamment alors que mardi il me braque brusquement, quel est le taux de probabilité de se croiser dans de telles occasions ? Ce doit être de l'ordre de l'infime mais pourtant bien réel. Incroyable tout de même. Puis mes pensées s'échappent vers mon fils, sûrement fou d'inquiétude pour sa maman. Je sais que tous doivent l'accompagner, soudés dans cette terrible épreuve. Je sursaute soudain sous un sifflement aigu et familier nous indiquant de regagner nos places. *Mais c'est quoi cette façon de communiquer digne d'un véritable dictateur ?!* Après avoir farfouillé rapidement le coffre, l'homme réintègre ma droite, un bonnet noir vissé sur le crâne. La description faite par Charlie me revient à l'esprit : « Grand, yeux clairs, la quarantaine peut-être, il portait un bonnet. » Le fameux bonnet évoqué par mon complice est là, devant moi, porté par l'homme qui a attisé ma curiosité et suscité mon intérêt malgré l'anonymat le plus complet. À cet instant-là, j'étais à mille lieues d'imaginer que seulement quelques jours plus tard, je le retrouverais au cours d'un braquage dont il est l'auteur et qu'il m'emporterait dans sa cavale. « Mignon. Très mignon », a-t-il aussi souligné. Et je dois bien admettre qu'il n'avait pas tort. Ce mec a du charme et un regard pénétrant. Curieusement, il m'apparaît à présent d'une tout autre façon, pourtant toujours étranger, et je réalise qu'il a gagné quelque peu ma confiance avec ses propos rassurants et convaincants.

Je ne ressens plus cette peur qui m'angoissait mais haïs tout autant cette situation que je subis, impuissante et contre mon gré. Je suis encore dans cette putain de bagnole, roulant rapidement vers une destination inconnue, bloquée à ce siège qui me tale le cul, entre mes chiens de garde fidèles. Je soupire de résignation. L'horloge digitale indique maintenant 21 h 46. Ma première journée d'otage va s'achever, laissant place à une seconde. Je n'ai aucun espoir d'être rattrapée et secourue car à l'évidence ces hommes ont organisé minutieusement leur fuite, n'omettant aucun détail, mais commettant certainement une bourde: Moi. Je tire du sac les lingettes qui me rafraîchissent agréablement car je me sens poisseuse et sale. Mes yeux picotent et ma peau sèche et tuméfiée tiraille. Je tire de mon sac à dos une crème et me tartine en me massant doucement. Mon maquillage a fondu sous les pleurs répétés. Je tente de remettre de l'ordre dans ma chevelure dépeignée et réalise avec soulagement que mes solaires ne m'ont pas abandonnée dans ma course effrénée. Mes pendants aussi ont résisté. Le gamin m'observe, stoïque, tandis que je me toilette. Au prochain arrêt, brossage de dents indispensable. Je grignote un Granola sans appétit tant mon estomac est noué et apprécie le jus de fruit. Silencieusement, je ressasse tel un Mantra, de bonnes résolutions: *Tu dois te montrer patiente Alex et cesser ta rébellion.* « Il faut juste que tu sois patiente », a-t-il dit. Je me raccroche à ces paroles tel le naufragé à sa bouée. Il m'a semblé sincère et s'est montré prévenant, quelle personne serait capable d'aller aussi loin dans l'art de la manipulation? Alors, je dois impérativement obéir même si la patience n'est pas toujours mon fort. L'enjeu est de taille car au bout du chemin, je recouvre ma liberté. Le sommeil m'appelle dans un bâillement et je cherche une posture confortable. Je m'incline légèrement sur le côté et remarque qu'il sommeille en appui sur la portière. Subitement tout s'éclaire. J'ai découvert ce qui me troublait de façon inexplicable, chez ce mec. Invictus. Le parfum que mon mari portait. Je succombe et m'enfonce dans la léthargie, bouleversée.

Jour 2, mercredi

Je m'éveille lentement alors qu'il fait jour. Ma première vision est pour le gamin avachi sur son siège, calé à la portière. Sa bouche est entrouverte et il ronfle légèrement. Il doit être à peine plus vieux que mon fils mais son visage est déjà marqué par les aléas de la vie. Je frotte mes yeux encore sensibles, étirant mes jambes engourdies puis je tâte mes cheveux pour évaluer les dégâts lorsque je réalise que je suis en appui sur l'homme à ma droite. Je me redresse illico dans un mouvement rapide en m'aventurant à zyeuter sa réaction.

– Bonjour, murmure-t-il dans un petit sourire.

– Bonjour, je réponds timidement.

Je découvre comme pour la première fois son visage en pleine lumière. Ses yeux verts éclairés par le soleil ont la profondeur de l'océan et son teint hâlé accentue leur brillance. Une barbe drue et naissante couvre ses joues et son menton, soulignant un nez fin et le contour de ses lèvres charnues. Il a ôté son bonnet, ses cheveux châtains et ondulés balancés sur le côté couvrent son profil. Une fine mèche vient piquer le coin de sa bouche. Je ne peux nier l'évidence : ce mec est troublant de beauté mais je réprime aussitôt cette pensée. Je tire du sac les lingettes et me rafraîchis copieusement car je me sens carrément crade à présent. Ma culpabilité déboule et crache son opinion : *Il a pensé à ton confort et tu ne partages pas ?!* Ma raison n'émet aucune objection. Je tends le paquet sans un regard et il se débarbouille à son tour.

– Merci.

Je feins l'indifférence. Je note que les hommes à l'avant ont échangé leurs places et que le black dort profondément dans un ronflement sourd et régulier. Je croise le regard du conducteur dans le rétroviseur et mes yeux s'échappent immédiatement. L'arrêt ne m'a pas réveillée, terrassée par les tumultes successifs de la journée. Je chope la bouteille de jus de fruits, plus très frais mais désaltérant. J'hésite, tandis que ma culpabilité me fixe de ses gros yeux puis tend la bouteille sur le côté. *J'ai une fierté mais aussi du cœur.* Il me remercie encore, d'un ton railleur. *Il se fout de ma gueule ce con ?!* Et descend la bouteille, assoiffé. Le gamin se réveille dans un bâillement sonore. Il tente comme il peut d'étirer ses membres dans le peu d'espace alentour.

– Salut, il lance.

– Salut, répond son acolyte

Puis il s'adresse au chauffeur :

– Une pause ?

L'homme consent dans un hochement de tête. J'espère pouvoir sortir aussi car ma vessie me titille à nouveau. Par la vitre, j'observe l'extérieur et réalise brusquement que nous sommes en Espagne. *Bordel, j'ai quitté la France !* Les panneaux indiquent la direction du Sud. Ils m'ont sortie du pays sans même apercevoir une douane qui aurait pu être là, une chance d'être libérée. Jusqu'où allons-nous rouler ainsi avalant la distance ? Combien encore de kilomètres à parcourir jusqu'à ma libération ? Son discours a été clair : « Nous voulons juste quitter le pays ensuite nous te relâcherons. » La France est derrière nous à présent mais nous continuons d'avancer. Je veux croire en ces paroles car je n'ai qu'elles pour me raccrocher à quelque chose et balaye le doute qui m'envahit. Je dois persister dans ma ténacité. Cet homme m'a touchée et je l'aborde maintenant d'une tout autre façon. Je ressens depuis ma découverte dans l'obscurité du bois une multitude de sentiments contradictoires à son égard, et son odeur me trouble.

*

La voiture pivote soudain sur un immense terrain vague et nous avançons jusqu'à la pointe. Les creux et les bosses secouent fortement le véhicule et je m'accroche au siège. Une flopée de détritus divers et de cactus de toutes hauteurs jonche au sol et un nuage épais de poussière nous enveloppe tandis que nous zigzaguons sur le territoire désert. Le conducteur stoppe enfin et je suis mon chien de garde lorsqu'il sort. Le gamin gémit en s'étirant tandis que le chauffeur et son copilote piétinent pour se dégourdir les jambes. Quant à mon chaperon, il me surveille de près, appuyé au capot. Il bascule ses cheveux sur le côté que le vent emporte. Je contemple la Méditerranée qui pointe à l'horizon. Elle scintille sous les rayons vifs du soleil, belle et majestueuse dans son immensité. Le panorama est juste magnifique et j'inspire à pleins poumons l'air iodé. La bise gifle ma peau déjà sensible. Le chef annonce qu'il va chercher les cafés et ils se rassemblent autour d'une discussion tandis que je récupère mon sac à dos et une bouteille d'eau. Je sens les yeux de mon chaperon me suivre dans le moindre de mes gestes. J'explore les alentours et localise une petite colline bordée de broussailles et de cactus serrés et alignés. Je pourrais m'y faufiler et trouver l'intimité dont j'ai besoin. Je commence juste à avancer quand il m'emboîte le pas. Exaspérée, je crache que j'ai besoin d'être seule et que je ne tenterai pas de m'échapper. Il me fixe et je sens bien qu'il hésite mais consent dans un hochement de tête silencieux. « Ne traîne pas », prévient-il alors que je soupire telle une gamine rebelle me réfugiant dans ma cachette de fortune.

Le creux est parsemé de petites pierres et de cactus naissants mais ça fera l'affaire et je respire un court instant de liberté et de solitude. Je sors un mini-miroir : *Houlà ! J'ai une tête affreuse.* Mes yeux sont gonflés, mon teint rougi et mes boucles ratatinées. J'effectue un brossage de dents intensif qui me semble être le plus agréable de toute ma vie puis j'enchaîne sur une toilette revigorante avec les moyens du bord. Un coup léger de maquillage pour sauver les apparences. Même dans l'adversité il faut savoir rester digne ! Déodorant et parfum pour terminer. Avant de quitter les lieux, je me soulage agréablement. Sur le retour, je fume une cigarette tranquillement. Mon chaperon me guette, soulagé de ma docilité nouvelle alors qu'il se débarbouille aussi. Le gosse boit mon Yop alors que le black dégomme mon sandwich au poulet. *Bah ça va, on s'emmerde pas !* Ils n'ont très certainement plus rien de frais et je n'y aurais pas touché, mais quand même ! Soudain au loin, le 4x4 déboule et le conducteur s'amuse, la musique à fond, à déraper formant ainsi un épais rideau de poussière rapidement balayé par le vent. Tous sourient au comportement enjoué de l'énergumène.

– You-hou ! crie le gosse en sautillant sur lui-même.

L'atmosphère est légère ce matin et il sort du véhicule accompagné d'un large sourire qui illumine son visage habituellement taciturne. Il est porteur de bonnes nouvelles car tous, réunis autour de lui, s'égayent à ses propos.

– Yes ! s'exclame le gamin en serrant le poing.

Je ne parviens pas à entendre correctement ce qui se dit mais je décèle les mots « médias », « France », « identité ». Puis il me fixe et articule mon prénom. J'ai la confirmation de mon identification alors que mon chaperon me dévisage comme s'il me découvrait. Je me tourne brutalement devant ces nombreux regards qui me guettent. Mes pensées rejoignent mes proches accablés par l'inquiétude et la souffrance et les larmes envahissent mes yeux.

– Café ? J'entends derrière moi.

– Non, merci, je réponds froidement restant immobile.

– Faut manger, insiste-t-il en tendant un sachet de viennoiseries dont l'odeur est très appétissante.

Je prends un pain au chocolat encore tiède et le mange avec gourmandise. Mon estomac curieusement dénoué crie famine.

– Nous arrivons bientôt. Nous faisons étape quelques jours et repartons. Sans toi.

Comment ça quelques jours ?

– Ma captivité va donc encore durer ?

Il esquive la question.

– Tu es célèbre, recherchée par toutes les polices de France.

De France mais pas d'Espagne apparemment.

– J'm'en serais bien passée ! je crache aussitôt d'un ton sec.

Ce mec m'énerve et m'exaspère autant qu'il m'atteint et me trouble. Il ignore complètement mon humeur.

– Un autre ?

Il me tend de nouveau son sachet.

– Non, merci, je rétorque, boudeuse.

– Alexandrine, original.

Je devine qu'il sourit.

Je mords fortement ma lèvre inférieure pour retenir des propos qui risqueraient de s'échapper violemment et contenir une énorme envie de lui demander d'aller se faire foutre. Même s'il est prévenant et délicat envers moi, il a montré clairement qu'il savait être aussi autoritaire et menaçant.

Je veille donc à mesurer mes paroles. Ma fierté se la ferme et je carre ma rébellion dans ma poche. Un sifflement despotique nous intime l'ordre de regagner nos places et nous obéissons tels des soldats formatés tandis que le black récupère son volant. Nous roulons environ une heure puis longeons la côte. L'horloge ancrée au tableau de bord affiche 8 h 58. La circulation est dense et le passager avant injurieux. Des palmiers gigantesques sont alignés, réguliers, pour délimiter la plage et leurs longues feuilles valsent au gré du vent. Le sable couvre le bord de mer à perte de vue. Les terrasses sont prises d'assaut sous ce magnifique soleil matinal par les accros à la caféine. Nous tournons sur une ruelle et nous engageons sous une voûte. Au fond, une immense porte en fer s'ouvre lentement puis se referme sur notre passage. Des néons éclairent puissamment le garage où sont garés une décapotable et un 4x4 *Audi*. Tous se chargent de gros sacs tirés du coffre et je les suis traînant mon sac à dos à l'intérieur d'une cage d'escalier marbré. Le chef ouvre une porte en bois foncé et la maison nous accueille de sa pénombre. Il éclaire et une vaste pièce apparaît. Le marbre sombre du sol s'accorde parfaitement aux murs ardoise. Chaque meuble est protégé d'un drap blanc. Des lustres en verre en forme de demi-sphère dominent les plafonds en hauteur et les immenses rideaux en velours bordeaux occultant les fenêtres tombent lourdement au sol. Le black verrouille la porte derrière nous tandis que le chef s'engouffre dans une pièce attenante. Le gamin libère le mobilier alors que mon chaperon ouvre les rideaux et lève les volets électriques. Le soleil pénètre maintenant chaleureusement dans la pièce à présent lumineuse. Je reste plantée à l'entrée, les observant s'atteler à leurs tâches. Je suis passée d'un gourbi que représente l'habitacle du 4x4 à l'immensité d'un véritable palace. À qui peut bien appartenir cette demeure classieuse ? Un large divan de cuir noir trône à présent fièrement au centre de la pièce paré de deux fauteuils assortis. De chaque côté, une desserte contenant divers alcools, alignement de verres et cendrier. En face est fixé au mur un écran plat et géant. Au fond de la pièce, une imposante bibliothèque de bois sombre abritant de nombreux ouvrages. Le gamin saute sur le divan en s'écriant :

– You-hou !

– Oh ! râle le chef à côté. Quitte tes pompes !

Serait-ce le maître des lieux ? Mon chaperon m'ordonne de le suivre, un énorme sac de voyage flanqué sur son épaule.

J'obéis, docile et silencieuse, tandis que nous montons des escaliers carrelés et atteignons l'étage supérieur où apparaissent un profond couloir et une rangée considérable de portes alignées. Il bifurque sur la deuxième à droite et éclaire la pièce noire. Je le suis, pénétrant dans une chambre spacieuse et épurée. Les murs blancs enveloppent un large lit recouvert d'un épais édredon gris anthracite et emboîté par deux chevets. De gros et nombreux coussins assortis forment une tête de lit. Un téléviseur est posé sur un meuble haut dans un angle et une armoire contemporaine est plaquée au mur. Au fond de la pièce, une porte qui situe certainement l'entrée d'une salle de bains. D'ailleurs l'homme y entre et j'entends l'eau couler. *Alléluia, une salle de bains!*

Je suis soulagée et impatiente de pouvoir me doucher. Il en sort, verrouille la porte à clé qu'il enfonce dans sa poche, fouille l'armoire et en sort une écharpe en cachemire noir. Il connaît parfaitement les lieux. S'approchant de moi, il agrippe ma main et m'entraîne jusqu'au lit. *Que va-t-il faire de moi?* J'ai peur subitement, mais je suis aussi troublée par ce contact étrange. Il entortille l'écharpe autour de mes poignets qu'il relie solidement au sommier.

– C'est une plaisanterie?! je balance estomaquée.

– Non, répond-il sérieusement. Ça limitera les conneries. Sois sage! ricane-t-il en s'avançant vers la pièce attenante.

– Connard! je peste à voix basse.

– J'ai entendu! crie-t-il.

À nouveau, je devine qu'il sourit.

– Oops! je grimace sous ma bêtise.

J'y crois pas, je suis attachée à ce putain de plumard comme un chien à sa niche. Je remue en tentant de délivrer mes mains mais c'est rapidement douloureux et vain et je capitule sous l'impuissance. J'entends des gémissements de plaisir sous l'eau qui s'écoule. Comme je le comprends. Une vapeur épaisse s'échappe de la pièce restée ouverte tandis qu'il y reste des lustres. Prenant mon mal en patience je scrute minutieusement la chambre, sobre, où rien de personnel ne traîne. Ni objets décoratifs ni photos. Le lustre est une grosse boule en verre opaque qui diffuse une luminosité tamisée. Les volets clos laissent entrer de fins filaments de lumière dorée. Habilement du pied, j'ouvre le tiroir du chevet devant moi où trône une lampe classique : rien. Le flot de l'eau cesse et il sort avec pour seul vêtement une serviette nouée sur ses hanches. *Arf!* Je baisse les yeux, déconcertée et embarrassée. De l'armoire, il tire du linge et retourne dans la salle de bains. *Il se pavane ou quoi?* Son corps ferme est sportif et travaillé. Des muscles saillants dessinent parfaitement son dos imposant taillé en V et sous la serviette je devine un cul bien rebondi. Des gouttes perlent le long de son carré ondulé et mouillé et s'écrasent sur ses épaules larges. J'ai chaud d'un coup et mets sagement cette bouffée tiède qui m'envahit sur le compte de la chaleur de la salle de bains s'étalant dans la chambre. Je suis peut-être otage mais n'en reste pas moins humaine. Il revient de manière plus décente, habillé d'un tee-shirt noir et d'un short assorti. Pieds nus, il avance en séchant ses cheveux d'une serviette.

– À toi, lance-t-il.

La chevelure en bataille, il se penche sur moi et me détache. Sa peau est enveloppée d'une fragrance odorante et épicée de bois de santal. *Re-arf!* Je récupère mon sac à dos et file tout droit me doucher sans un regard, en veillant à bien verrouiller la porte. Perturbée par ces sentiments contradictoires qui s'entrechoquent en moi et s'affrontent pour gagner la place, j'ai du mal à rassembler mes pensées et je me laisse aller sous l'eau brûlante dégoulinant sur mon corps tendu. Le jet vif et fin masse délicatement mes épaules tandis que je décompresse totalement sous cette chaleur qui me pénètre délicieusement et ce liquide qui me purifie. La pression s'échappe peu à peu tandis que les larmes montent à mes yeux. Lasse, épuisée par ce tumulte incessant qui anime ma vie depuis la veille, déboussolée par ces sentiments que je ne veux pas éprouver, je pleure sous les flots. Je sanglote comme une gamine apeurée, recroquevillée dans un coin du bac. Toute cette peur entassée, réprimée et prisonnière explose littéralement pour s'échapper par les larmes. Il toque à la porte :

– Tout va bien ?

– Oui, je réponds dans une voix étranglée.

Il n'insiste pas et je reste un moment ainsi bercée par le bruit doux et régulier de l'eau ruisselante. M'enveloppant dans une serviette et me séchant les cheveux d'une autre, j'apprécie réellement ma propreté. Je regarde mon reflet dans le miroir embué. Mes yeux sont bouffis et rougis par les pleurs. Je fabrique des compresses de fortune avec les moyens du bord, imbibées d'eau fraîche afin de les apaiser puis je me tartine de crème. Sur ma peau est imprégnée son odeur boisée. Je réalise que je n'ai pas de vêtements propres et il est hors de question que je renfile ceux sales. *Merde va falloir demander !* Embarrassée par ma tenue légère, je sors. Il est devant l'écran allongé sur le lit. Mais impossible d'ouvrir la bouche et de me rabaisser à formuler quelconque demande, ma fierté exacerbée me l'interdit formellement. Je reste ainsi figée devant lui, juste couverte d'une serviette quand enfin il daigne tourner la tête et comprend mon attente. Il se lève, fouille le placard et me tend des vêtements.

– Merci, je bafouille les yeux rivés au parquet.

– Amène-moi tes fringues, j'vais lancer une machine.

Je suis surprise de sa demande et gênée qu'il prenne en charge mes dessous portés. Je les rince soigneusement avant de lui apporter enroulés dans ma robe, après avoir passé le tee-shirt trop grand et le caleçon trop large, que je noue à la taille. Lorsque je lui remets, il les jette au sol rejoignant les siens puis il récupère l'écharpe et m'ordonne de présenter mes poignets.

– Poignets en avant, s'il te plaît.

Ma fierté la met en sourdine :

– Non, s'il te plaît.

J'implore, cachant mes mains dans mon dos. Après être restée confinée dans la voiture, je ne vais pas être attachée !

– Tu m'as demandé de te faire confiance, fais-en de même. J'ai tenté, c'était légitime et ça ne se reproduira plus. Sur le terrain vague, j'ai respecté tes ordres.

Il me fixe, hésitant puis hoche la tête dans un sourire malicieux. *Je t'amuse, connard ?*

– Qu'est ce qui te fait sourire ? je demande agacée et effrontée.

– Toi. C'était légitime effectivement.

Qui n'aurait pas tenté dans la situation où je me trouve ? J'ai pris des risques consciemment car cela aurait pu mal tourner mais grâce à ma témérité, j'ai aussi découvert une tout autre facette de sa personnalité. Au-delà du braqueur, l'être humain.

Il ramasse les vêtements et sort tandis que je reste seule et libre dans la chambre. Ses pas résonnent dans l'escalier. Il y a du bruit à l'étage dans la pièce à côté, sûrement un des hommes. Cette baraque doit être immense. Assise sagement sur le lit, devant la télé où une jolie nana déblatère en Espagnol, j'attends son retour. Mes yeux se posent soudain sur l'armoire. J'ai promis de ne pas m'échapper mais pas de résister à ma curiosité. Sur la pointe des pieds, comme prête à commettre un délit, je m'approche et l'ouvre. Un miroir est fixé sur chaque porte intérieure et des cravates sont méthodiquement pendues sur un fil prévu à cet effet. Le linge est parfaitement plié en piles régulières. Les chemises impeccablement cintrées. Aucune couleur. Du noir, du jeans, quelques chemises blanches et curieusement le contenu de ce placard ressemble étrangement à mon dressing. Il y a deux tiroirs. Le premier est destiné aux paires de chaussettes soigneusement rangées, le second aux caleçons et boxers.

Je remarque un morceau de papier dans le fond. Je l'attrape et découvre une photo. Une femme, belle et souriante est chaleureusement entourée des bras d'un homme et d'un jeune homme. *Putain, c'est le chef!* Il a les traits plus jeunes et plus détendus avec un large sourire figé sur ses lèvres mais c'est bien lui. Puis, je reconnais le regard vert du gamin. C'est mon chaperon. Il doit avoir environ seize ou dix-sept ans et agrippe la femme, la tête nichée sur son épaule. J'ai un pincement au cœur à la vue de cette famille heureuse qui s'étreint tendrement pour immortaliser l'instant. Déjà adolescent, il était craquant et devait sans doute avoir une ribambelle de groupies accrochée à ses basques. La femme resplendit, entourée des hommes de sa vie. Ses cheveux longs châtains et bouclés entourent un visage radieux. Son fils a hérité de la couleur de ses yeux clairs mais les siens s'étirent en amende. Une évidence me saute aux yeux : Ils sont donc parents, père et fils et ils braquent ensemble. C'est un lien familial très particulier. La bâtisse doit appartenir à son père, j'en suis convaincu dans leur façon d'y être à l'aise et connaissant les lieux, mais où est sa femme ? Sans doute, l'attend-elle patiemment et inquiète là où ils s'apprêtent à se replier. Son mari et son fils berçant dans ce milieu ne doit pas être forcément facile à assumer. Ce sont sûrement des professionnels en la matière car leur plan semble scrupuleusement pensé et organisé. Tout s'est emboîté à la perfection jusqu'ici, à part ma présence non préméditée. Les mots du chef résonnent soudain dans ma tête : « Prends-en un, ça peut servir. » Dans un frissonnement, je me souviens de la terreur ressentie sur le moment. Je ne représentais qu'une vulgaire marchandise, une misérable monnaie d'échange dans le cas où leur départ aurait mal tourné et je grimace à l'idée du chaos dans lequel j'aurais pu me retrouver. Comment peut-on vivre ainsi et faire subir ça aux autres ?

Subitement, des pas lourds montant l'escalier me sortent de ma curiosité délictuelle. Rapidement, je pose la photo, ferme le tiroir puis la porte de l'armoire et cours jusqu'au lit me glissant sous l'édredon comme pour me cacher, honteuse de mon audace déplacée. Il entre, chargé d'un grand plateau et son regard part illico en direction de la fenêtre afin de vérifier qu'elle n'a pas été ouverte.

– Tu as faim ? demande-t-il en déposant le plateau fumant sur le chevet.

Franchement, je crève la dalle! Mais je me contente de ne répondre qu'un petit « oui » frêle accompagné d'un léger mouvement de tête. Je suis soulagée, à quelques secondes près il me surprenait la main dans le sac ou plutôt le nez dans l'armoire. Une odeur appétissante envahit la chambre tandis que mon estomac crie famine. Deux assiettes de pâtes parsemées de petits pois et miettes de saumon fument encore, accompagnées d'une bouteille d'eau et de clémentines. Parfait pour caler mon estomac malmené. Il me tend des couverts, je sors de l'édredon et m'installe en tailleur. Nous déjeunons ensemble, silencieux, calés sur le lit, la télé en bruit de fond. C'est délicieux et je me demande qui cuisine ainsi.

Quelle heure peut-il être ? Mon horloge biologique ne m'indique rien. Repue et mon repas terminé, je file dans la pièce à côté : séchage de cheveux et brossage de dents. Après être restée cloîtrée sur le siège du 4x4 durant presque vingt-quatre heures, les gestes insignifiants du quotidien prennent toute leur importance. Puis je me couche, veillant soigneusement à lui tourner le dos et chaudement emmitouflée dans la couverture épaisse et moelleuse. Il ne me laisse pas d'autre choix que de partager son lit et autant mettre ce temps à profit pour me reposer. Mon sommeil de la nuit a été fractionné et inconfortable et pendant que je dors, je ne pense pas. Il m'ignore complètement et reste absorbé par l'écran qui braille en Espagnol. Cette langue doit lui être familière. Avant de sombrer, la gorge serrée, je songe à mes proches certainement rongés par l'inquiétude.

*

Lorsque je refais surface, je crève de chaud. L'édredon m'étouffe et surtout son dos est collé au mien, diffusant une chaleur intense qui transperce mon tee-shirt. Nos jambes se frôlent. La télé est en veille et la pièce dans une quasi-obscurité. Seuls de fines lames de clarté traversent les volets, léchant le parquet. La maison est extrêmement calme. Pas un bruit en émerge, ni à côté ni en bas. Tous ces hommes se reposent peut-être, épuisés par tant d'événements et ce long périple. Il remue et gémit dans son sommeil. Les circonstances ne sont franchement pas banales, je partage le même lit que mon braqueur. Un braqueur terriblement séduisant. Je refoule cette dernière pensée rapidement. Ma raison s'éveille en sursaut : *Séduisant peut-être mais braqueur avant tout !* Pourtant ce contact chaud et intime me trouble. Je pourrais me décaler mais ne le fais pas, tandis que ma culpabilité dort encore profondément. Je soulève légèrement la couverture et sors une jambe, cherchant la fraîcheur. Brusquement, il se redresse et descend la bouteille. J'ai soif moi aussi et file dans la salle de bains. C'est agréable de sortir de cette étuve. Mon reflet dans le miroir me contrarie. Mes boucles ne sont qu'un vague souvenir en une masse épaisse entourant mon visage. Mon teint blême n'arrange rien au résultat déjà critique. Je hausse les épaules, résignée, et me recouche désaltérée, satisfaite que le noir règne dans la chambre. Il a sûrement dû se tourner car je sens son souffle sur ma nuque.

– Oh !

Cette proximité est embarrassante, presque indécente. Mais je dois me rendre à l'évidence : terriblement excitante. Une sensation délicieuse s'immisce au bas de mon ventre et s'étale jusqu'à mon entrecuisse. Je mouille, je le sens et mes seins pointent sous le désir naissant. Je me tortille et tente de maîtriser ce corps qui cède inexorablement à la tentation alors que progressivement l'envie de cet homme me gouverne et me domine. Le désir triomphe et poursuit son acheminement divin et implacable. Mon souffle est saccadé et je cherche l'air pour alimenter mes poumons. Recroquevillée, je lutte contre ces émotions charnelles prenant possession de moi et coulant jusque dans mes veines. Soudain, comme s'il avait perçu les prières muettes de mon corps, sa voix suave déchire le silence :

– J'ai envie de toi, Alexandrine.

Mon prénom tinte comme une mélodie susurrée par cet homme et résonne dans la pièce épurée. Le temps a suspendu sa course éternelle et cède lorsqu'il ajoute dans un souffle :

– Mais je ne te toucherai pas si tu ne le souhaites pas.

J'ai cessé de respirer quand mon cœur a cessé de battre, dévastée par le choix qu'il me laisse. Ni ma culpabilité ni ma raison n'émettent de sons.

Nous touchons un point de non-retour. Soit nous basculons ensemble, soit je cours prendre une douche froide. Mais le désir fort et éblouissant dans toute sa splendeur et son intensité me soumet déjà à son règne exigeant et je m'y abandonne sans sommation. Je me plaque à lui tandis qu'une décharge de volupté me traverse dans une déflagration détonante lorsqu'il m'enveloppe de ses bras. Sa chaleur corporelle m'envahit et ses mains trouvent mes seins. Il embrasse mon cou et ma peau frissonne sous les caresses de sa barbe. Ses doigts titillent mes tétons durs avec acharnement et je l'entends gémir contre mon oreille. Il me fait basculer, s'empare de mon visage et sa bouche trouve la mienne. Nos langues s'entrechoquent dans un baiser ardent. Je le goûte avide et réclame sa saveur. Il mordille ma lèvre, mon menton, mon cou. Toute ma peau est en éveil et ne demande qu'à recevoir ce délicieux châtiment. Il retire mon tee-shirt puis mon short qu'il jette au sol.

– Attends, chuchote-t-il.

Il s'arrache à moi et allume la lampe posée sur le chevet alors que je reste là, inerte, étouffée par le manque.

– Je veux te voir.

La faible luminosité me permet de l'admirer. Il est beau et sexy à tomber avec ses cheveux ébouriffés. Son regard s'enflamme et m'embrase littéralement. Je me perds dans ses yeux qui me dévisagent et parcourent mon corps sans le toucher. Tout mon être transpire l'envie de ce mec dont je ne connais pas le prénom. Ses mains agrippent ma nuque et ses lèvres se mélangent aux miennes. Sa langue gourmande m'explore. Je pose mes mains sur son dos et devine au travers de l'étoffe de son tee-shirt ses muscles fermes tandis que je le parcours jusqu'au creux de ses reins et le bombé de ses fesses. Il me dévore des yeux, essoufflé alors qu'il ôte son maillot. Son souffle percute ma peau comme une caresse. Les yeux mi-clos, j'absorbe et cristallise chacune de ces sensations divines. Depuis combien de temps, un homme n'avait-il pas posé ses mains sur moi ? Il prend place contre moi tandis que le matelas s'affaisse sous notre poids. Sa langue lèche doucement la pointe de mes seins.

– Comme c'est bon…, je lâche dans un soupir.

Impitoyable, elle s'acharne en alternance avec de douces morsures tandis que sa main descend vers le sud. D'un doigt, il effleure mon clitoris gorgé de désir, caresse ma fente suintante, s'enfonce en moi, entre et se retire dans une cadence infernale alors que mon bassin anticipe le mouvement. Puis sa bouche le rejoint, semant sur le chemin des baisers humides. Jusqu'à quel point vais-je être capable de résister ainsi sans me liquéfier et disparaître dans les draps ?

Quand sa langue implacable tourbillonne autour de mon clitoris, naissent en moi les prémices délicieuses de la jouissance. Mes mains cherchent ses cheveux et les agrippent. Je supplie silencieusement mon corps de ne pas abdiquer, et de ne pas succomber à l'emprise de cet homme car je veux encore de lui. De ses mains et sa bouche qui me parcourent, de sa peau sur la mienne. Je m'empare de son visage figé au centre de mes cuisses et le relève. Ses lèvres luisent du liquide distillé par mon envie impétueuse de lui. Je me redresse et l'entraîne avec moi. Nos deux corps en appui sur nos genoux s'érigent gracieusement au centre du lit. Je le touche du bout des doigts comme on effleure un trésor pour ne pas l'altérer. Je caresse sa barbe drue, mordille son menton, respire l'odeur du creux de son cou tandis qu'il s'offre à moi, basculant la tête en arrière, la bouche entrouverte, ses cheveux tombant lourdement sur ses épaules. Cette posture sensuelle me bouleverse. Je ferme les yeux et une larme coule sur ma joue. Je frôle ses pectoraux parfaitement dessinés. Son corps est un panorama éblouissant devant lequel je m'émerveille et me délecte, fascinée. Sa peau frissonne et j'y dépose une multitude de baisers furtifs. Contre lui, mon bassin remue et se balance langoureusement emprisonnant et massant son sexe dur au passage. J'abaisse son short sur ses cuisses et referme mes mains dessus, montant et descendant doucement sur sa longueur. Ivre de lui, je gémis, soupire en m'appropriant ce corps. Les yeux plongés dans son regard incandescent, je le guide et le bascule alors qu'il s'enfonce dans le matelas. Puis, je le prends en bouche et j'ai l'impression d'avoir l'homme entier concentré dans ce muscle tandis que je mesure l'ampleur de son désir pour moi. Saisie par l'excitation, je le suce, l'aspire alors que mes lèvres l'enveloppent goulûment dans un mouvement constant et régulier pendant que mes doigts palpent délicatement ses testicules épilés. Ses ongles se plantent dans ma nuque, se referment sur la naissante de ma chevelure et il rythme la cadence dans un râle rauque et étouffé.

Les ébats de nos corps déferlent comme des ombres chinoises contre les murs. Cette chambre est le témoin anonyme de notre union charnelle. Le monde n'existe plus, reste seulement nous à la surface de cette terre. Mon corps a ouvert ses portes et est prêt à l'accueillir. Je l'espère en moi, là, maintenant, tandis que la frustration me lacère tel un fouet venant s'abattre sur ma peau. Je retire son short, son sexe toujours dressé tel un mas sans sa voile, l'enjambe et m'empale sur lui dans un grognement caverneux.

– Putain, lâche-t-il d'une voix étranglée.

Il me remplit et je me délecte de cette sensation unique et inouïe. Mon bassin cherche le sien dans un mouvement régulier et rapide alors que je suffoque tant le désir est à son comble. Cet instant où il atteint sa toute-puissance prend le dessus sur la volonté, le conscient, où chaque sens est en éveil, la vue, l'odorat, l'ouïe, le goût et le toucher se complètent et s'emboîtent à la perfection pour ne former qu'un seul et unique état d'exaltation. Nos corps ne font plus qu'un quand je jouis dans un cri étouffé tandis qu'il me suit instantanément, nos mains entrelacées. Je m'écroule sur lui, terrassée par cet orgasme violent, le souffle court. Sa peau est encore frémissante et son cœur bat à tout rompre dans sa poitrine. Nous restons ainsi, inertes et muets, liés l'un à l'autre, un instant, un moment, je ne sais plus, le temps ne défile plus.

*

Ses doigts remontent le long de ma colonne vertébrale, caressent la naissance de mes cheveux et redescendent jusqu'à mes fesses, déclenchant sur leur passage une farandole de frissons. Toutes ces émotions enfouies au plus profond de moi depuis si longtemps ont resurgi si brutalement que j'en suis bouleversée. Une boule s'est formée dans ma gorge sèche alors que sa tendresse me berce. Je pourrais passer l'éternité ainsi, ma peau contre sa peau, écoutant les battements de son cœur. Je ferme les yeux pour imprimer dans ma mémoire cet instant qui va disparaître. Son geste me rassure mais je redoute de lever les yeux vers lui. Que cet instant nous échappe et que la réalité reprenne ses droits. Qu'allons-nous être après ça ? Après que cet homme m'ait fait l'amour. Car oui, ce que nous venons de vivre et d'échanger était tout sauf une simple baise. Lorsque l'on baise nous n'avons pas ces gestes, cette fusion, tout est sous contrat, retenu et interdit, récoltant égoïstement les effets bruts et mécaniques de l'acte sexuel. Mais je dois affronter cette réalité qui m'attend et s'impatiente. Ma culpabilité se réveille mal virée : *C'est quoi ce délire ?* Étrangement ma raison lui demande de fermer sa grande gueule. Effectivement, je n'ai aucune envie de me poser davantage de questions. Je relève la tête et le menton planté sur son torse, trouve son regard. Il me sourit timidement en glissant une mèche derrière mon oreille. *Putain qu'il est beau !* Je suis subjuguée par cette beauté brute et indécente. Son sourire est bon signe et je réponds de la même façon. Lequel de nous deux va poser le premier mot ? Ce ne sera pas moi, c'est certain.

– Ça te dit de prendre l'air ?

Ce mec est étonnant. Après m'avoir fait l'amour voilà qu'il me propose de sortir comme un couple dans son quotidien ordinaire. Sauf que je suis son otage et qu'il est mon bourreau. Pouvons-nous nous permettre cette sortie au risque que je sois reconnue ? Ma culpabilité et ma raison crachent en cœur : *Houlà, là tu ne réfléchis plus comme une personne retenue contre son gré, Alex !* Je n'ai aucune envie d'entendre cette vérité, pourtant je dois bien admettre qu'elles n'ont pas tort. Vraisemblablement plus inquiète que lui alors que je devrais plutôt me réjouir de cette opportunité. Si j'étais identifiée cela mettrait un terme radical à ma séquestration. Mais suis-je véritablement encore séquestrée ? Je suis perdue avec l'amère sensation d'évoluer sur un fil et de ne pas savoir de quel côté en tomber.

– Oui, je veux bien, je réponds malgré mes appréhensions.

– Je prends une douche, fais quelques courses et quand il fera nuit, nous sortirons.

Il m'embrasse tendrement avant de sortir du lit, effaçant définitivement au passage toute crainte d'être classée sans suite. Il essuie son sexe humide de nos fluides corporels mélangés et me ramène un mouchoir. Fixant le plafond, je songe aux miens accablés par l'inquiétude et la peur de ce que je peux subir alors que la réalité est toute autre. Je m'envoie en l'air avec le mec qui m'a braquée hier. Incroyable ! Et je crois qu'ils seraient capables de me zigouiller s'ils l'apprenaient. Immédiatement je pense à Clarisse. Seule elle sera apte à me comprendre. Certaine qu'elle tenterait de tirer son parti de n'importe quelle situation, dans la mesure du possible. Cela promet de longues soirées de papotage intensif. Car oui, je compte profiter jusqu'au bout de ce que je vis même si j'ai pleinement conscience que cette histoire est contre nature, immorale et complètement paradoxale.

« Prends ce que la vie a à donner ! », répète souvent mon amie. Aujourd'hui, je vais appliquer la consigne si longtemps ignorée et au diable les conséquences, j'assumerai en temps voulu. Je ne me suis que de trop enlisée dans cette bulle que j'ai tissée autour de moi, confortable et protectrice tel un rempart contre ce monde où rien ne pouvait y pénétrer et m'atteindre. Mais aujourd'hui, j'ai l'intime conviction que le temps ne m'attend plus, dans toute son impatience et que ce mec n'est pas arrivé jusqu'à moi par hasard. Je veux affronter ma destinée, la vivre, m'en abreuver et m'y perdre peut-être, mais je l'aurai consumée sans remords ni regrets. Puis je songe à Franck. Mon ange. Comment expliquer l'inexplicable ? « C'est ainsi, ça ne s'explique pas », m'a-t-il dit. Et aujourd'hui je mesure le poids de ses mots. Comment réagira-t-il ? Nous étions sur une pente douce tous les deux avant ça, que va-t-il en être à mon retour ? Je n'en ai aucune idée mais ce dont je suis parfaitement convaincue, en revanche, c'est que ce qui m'arrive aujourd'hui me changera à tout jamais. Cet homme a modifié le cours de mon existence au moment où il a pénétré dans cette bijouterie et m'a emportée tel un butin. Je ne sortirai pas indemne de ce tumulte et cette aventure, de quelque façon que ce soit. Son passage dans la pièce me tire de mes pensées.

– Il faut que je t'achète des fringues.

Je bascule sur le ventre et l'observe. La pointe de ses cheveux est humide et il est torse nu. Une serviette est nouée sur ses hanches et je devine ses fesses rebondies. Il passe sa main dans sa chevelure en un mouvement sexy et arrogant alors que son parfum envahit la pièce. *Arf!* L'armoire est grande ouverte et il sort des vêtements. Ses gestes sont précis et délicats. Les muscles de son dos remuent gracieusement. Il est tout près de moi, pourtant il me manque. La serviette tombe au sol affichant son corps parfait devant lequel je m'émerveille telle une gamine devant un sapin de Noël scintillant. Son jeans souligne divinement son cul alors qu'il enfile un pull noir. Cette couleur foncée accentue son regard émeraude. *Ce n'est pas humain d'être aussi beau!* Il se dirige vers la porte:

– Je reviens.

La porte claque et ses pas résonnent dans l'escalier.

*

Des voix s'élèvent subitement depuis le salon. Je saute du lit, enfile rapidement mon tee-shirt ramassé sur le parquet, entrouvre doucement la porte et tends mon oreille trop curieuse.

– C'est un otage!

Je n'ai pas intercepté le début de la conversation mais j'en comprends immédiatement la teneur. Je reconnais la voix grave de son père et inutile d'avoir l'image pour en déduire qu'il est en colère.

– Je sais ce que je fais, répond mon chaperon d'un ton certain.

– Permets-moi d'en douter. Il se passe quoi avec cette gonzesse?

Gonzesse? Ce mot est tellement péjoratif.

– Rien qui ne te regarde. Sa voix est neutre, dénuée de toute émotion.

– Nous sommes tous exposés.

– Je sais. Et ne ferai prendre de risques à personne.

– En la sortant, si ! Sa photo est diffusée dans tous les médias.

– Il fera nuit et nous resterons isolés. Je sais ce que j'ai à faire.

– Tu sais que les sentiments et le milieu ne sont pas compatibles.

– Oui, je sais, répond-il d'une voix blanche.

– Il n'y a aucune place pour une femme. C'est un point faible.

– Je sais aussi.

Un silence s'installe puis le père reprend :

– Prends le Q7 et le portable. Appelle si besoin.

– Merci.

Je devine ses pas qui s'éloignent. Où va-t-il encore ? D'autres arrivent par le fond du couloir. Je repousse la porte mais il est trop tard pour la fermer sans attirer l'attention. Je grimace et retiens ma respiration sous la crainte d'être chopée alors que l'homme passe et descend.

– Qu'est-ce qui se passe ?

Ce timbre de voix m'est inconnu. Le black sûrement. Il n'est donc pas muet.

– Je sais pas. Culpabilité ou autre mais y'a un truc avec la fille.

– Ton intuition est bonne, ils s'envoyaient en l'air tout à l'heure.

Je vire à l'écarlate, mes joues et mes oreilles piquent et mon cœur saute un battement. *Putain, la honte!* Le black nous a entendus. En même temps, absorbés par cet instant plus rien n'existait autour de nous. Aucune retenue, ni de sa part ni de la mienne.

– C'était pas une bonne idée l'otage.

– Pas la meilleure que tu aies eu. Un verre ?

Pas de réponse orale.
– Sur le coup avec les flics qui arrivaient… Merci.
– Ce qui est fait, est fait et y'a rien de chaud pour notre cul. Dans quelques jours nous serons loin. Elle pourra raconter ce qu'elle voudra ça ne changera rien.
– Curieux quand même.
– Quoi ?
– Cette relation.
– Elle n'a pas crié au viol.
Le black ricane comme un connard.
– Justement.
– C'est un tendre ce gosse, tu le sais. Et il a toujours plu aux femmes. Il sait ce qu'il fait. Bientôt chacun fera sa route.
– Ouais… répond le père dubitatif.
– T'inquiète l'élève est à la hauteur du maître.
La télé s'allume et la conversation s'achève. Une Espagnole cancane tandis que sa voix résonne dans le salon. Je ferme la porte, avec la Castafiore je n'entendrais pas ses pas s'approcher. Je cours au lit et m'y vautre. Je réalise qu'aucun de ces hommes n'a songé un seul instant à m'éliminer. Mon chaperon a bien dit vrai sur leurs intentions, connaissant leurs limites.

*

« Il a toujours plu aux femmes. » Les propos du black résonnent en moi et je ne doute pas de ce qu'il avance. Beau comme il est, il a dû établir une véritable collection et je suis répertoriée au tableau de chasse désormais. De l'imaginer choyer une autre femme m'ébranle profondément. Ma raison la ramène brusquement : *Ça pue la jalousie, là !* Alors que ma culpabilité reste en berne. Je chasse cette dernière pensée qui vient me parasiter. Nous avons un passé et nous aurons un futur, c'est inscrit ainsi. J'ai les fesses à l'air quand il entre dans la chambre et son regard se pose immédiatement sur mon cul.

– Tu me cherches là ? lâche-t-il, une ombre dansant au fond de ses yeux.

Je tire sur le tee-shirt en virant pivoine. Il s'avance, se penche et dépose une nuée de baisers chastes sur mes jambes dénudées. Ça chatouille et je m'échappe en ricanant. Il attrape ma jambe, me ramène à lui et me retourne sur le dos avec ferveur. Je lis le désir dans ses yeux comme un livre grand ouvert. Des frissons déferlent sur mon corps alors qu'une vague de chaleur s'étale au bas de mon ventre, jusqu'à mon sexe. Je mouille et l'attends. Il remonte mon tee-shirt découvrant mes seins, léchant furtivement la commissure de ses lèvres. Dénudée et soumise à son regard audacieux et perçant, mes tétons pointent et mes jambes pliées tremblent légèrement. Mon souffle s'affole quand il porte son index à sa bouche et en lèche la pointe. Ne détachant pas ses yeux des miens, il se penche et titille mon mamelon puis pince délicatement le second. Je me cambre sous ses caresses divines, offrant généreusement ma poitrine en pâture. Il lèche de nouveau son doigt qui vient tourbillonner sur mon clitoris tandis que progressivement il accélère le mouvement. Mon corps est sous le contrôle total de cet homme debout entre mes jambes. Mes mains agrippent les draps alors que je cherche l'air en couinant. Soudain sa voix déchire l'instant :

– Dis-moi.

Le ton est autoritaire et les reflets émeraude de ses yeux sont maintenant incandescents.

– Dis-moi que tu as envie de moi. Je veux l'entendre.

Son regard puissant me consume et m'embrase littéralement, mes mots ne sont qu'un miaulement :

– J'ai envie de toi, là, maintenant. Prends-moi !

Dans un geste rapide, il déboutonne son jeans, le descend sur ses cuisses fermes en entraînant son boxer. Son sexe surgit au garde à vous. Il me soulève telle une plume et mes jambes agrippent instinctivement ses hanches tandis que mes bras s'enroulent à son cou. Son odeur m'enivre quand il m'empale à lui dans un baiser ardent. Ses mains maintiennent fermement mes fesses guidant la cadence alors je l'aspire et l'absorbe. Il nous fait pivoter, plaquant mon dos contre le mur puis me remplit, me bourre, me pilonne dans un rythme frénétique. Je suffoque et gémis alors que s'insinuent lentement en moi les douces prémices de la jouissance. J'attrape la naissance de ses cheveux et lèche, avide, le lobe de son oreille. Il gémit dans des soupirs étouffés puis jouit dans un cri étranglé, ses doigts perçant ma chair. Son orgasme déclenche instantanément le mien qui me traverse tel un éclair et me dévaste de son extase voluptueuse. Nous restons ainsi quelques minutes en apesanteur, les yeux mi-clos, cherchant notre souffle tandis que nos rythmes cardiaques s'apaisent. Il dépose un baiser sur mes lèvres, la respiration encore précipitée alors qu'il me bascule sur le lit et me sourit tendrement. Son regard brille et je me perds dans la lumière alors qu'une main balayant ses cheveux m'achève. Il est si sexy après l'amour…

– Merci, murmure-t-il alors qu'il boutonne son jeans.

Merci ? Je ne comprends pas le sens de ce qu'il exprime.

– Merci d'être toi.

Ces propos tintent comme une mélodie bouleversante. Cette sensibilité et cette délicatesse dont il fait preuve me chamboulent. Je sens les larmes monter. Je suis dénuée de toute réponse me contentant de sourire timidement.

– Je peux te prendre en photo ?

Hein ?! Je feins de ne pas avoir saisi tant je suis déconcertée par sa demande.

– Là, après l'amour, je peux te prendre en photo ?

Un sourire de gosse illumine son visage. Ce mec m'étonnera toujours tant il est surprenant et paradoxal. J'accepte de la tête en souriant niaisement. Je tente de mettre de l'ordre dans mes cheveux mais il m'arrête.

– Non, je te veux comme tu es là.

Je soupire :

– Je dois avoir une mine affreuse !

– Non, tu es très belle bien baisée.

J'éclate de rire à sa remarque déplacée et de sa prétention soudaine et nonchalante. Il me fixe en souriant mais curieusement je ne parviens pas à déchiffrer le sourire qu'il affiche.

– Quoi ?!

– Tu es très belle quand tu souris. Le plus beau sourire de ma soirée.

Je comprends l'allusion et me rappelle son message au *Private* : « Juste par plaisir d'offrir un verre au plus beau sourire de la soirée. JDJ. »

J'ai un pincement au cœur à cette pensée. Maintenant qu'il est démasqué, je reconnais bien le personnage mystérieux caché derrière ces mots troublants et romanesques. Il dégaine un portable de la poche arrière de son pantalon et me mitraille. Je ris comme une gamine et pose comme une star. Je suis presque nue mais je m'en fous tandis qu'il s'applique dans son rôle d'apprenti photographe.

– Bon, fini les sottises ! je m'exclame, me cachant derrière mes mains telle une vedette fuyant les paparazzis.

– Tu as raison.

Il s'assied à côté de moi.

– Je fais quelques courses et on sort.

Il tire un morceau de papier et un stylo de sa poche :

– Note ce dont tu as besoin.

Il file dans la salle de bains balançant ses cheveux sur le côté. *Arf!* Une farandole de petits cœurs doit sortir de mes yeux en virevoltant dans les airs. Quand il réapparaît, son bonnet est vissé sur sa tête et je lui présente ma liste.

– Tu te fous de ma gueule ?! Je vais y passer des heures, rit-il.

Je ricane comme une connasse devant mon exagération caractérisée.

– J'ai peut-être un peu abusé… j'avoue à demi-mots.

– Un peu, t'es sûre ?

Il balance la tête, résigné. Il embrasse son index et le pose sur mes lèvres.

– Prépare-toi, je me magne et sois sage.

Il m'interroge du regard et je le rassure en hochant la tête. La porte claque derrière lui et je file dans la pièce me doucher. Je note au passage qu'il fait encore jour dehors en inspectant les volets fermés. La perspective de respirer l'air extérieur me rend joyeuse. Ou peut-être est-ce seulement lui.

*

L'eau déferle sur moi tandis que je me savonne de son odeur. Je sors, m'enveloppe dans une serviette, me sèche les cheveux, emboîte mes lunettes de soleil, me brosse les dents puis me maquille. Mon reflet dans le miroir embué me satisfait car j'ai repris des couleurs. J'enfile mes pendants. Ils brillent à mes oreilles et je les porte tel un trophée. Un bruit sourd me parvient de la pièce d'à côté. Je grimace à la pensée qu'on ait pu encore nous entendre. Dans ses bras, je déconnecte tellement de la réalité que j'en oublie le monde entier qui gravite autour de nous.

En l'attendant patiemment, je scrute minutieusement la chambre car je veux me souvenir de chaque instant passé avec lui ici, alors que subitement les propos du black me reviennent à l'esprit. « Dans quelques jours nous serons loin. » Soudain, mon cœur est comme pris dans un étau et la mélancolie m'envahit. Lui aussi sera loin. Loin de moi. Et je retournerai à mon quotidien que j'ai laissé derrière moi. Je prends conscience de la difficulté qui m'attend au moment où nous nous séparerons pour poursuivre chacun notre chemin. Mon cœur pèse lourd dans ma poitrine tandis que ma raison et ma culpabilité ont abdiqué, restant tapies et silencieuses. Le compte à rebours est lancé et nos jours sont comptés mais j'en ignore l'échéance. Je ravale la boule qui s'est fixée dans ma gorge, refusant de céder à la tristesse. Je l'affronterai en temps voulu, je ne veux rien gâcher des moments qui m'attendent à ses côtés.

Pour m'occuper, je tape le lit quand je remarque son sac de voyage gisant au sol. Ma curiosité n'est jamais en veille, par contre. J'ouvre et fouille. Il contient des vêtements, des trousseaux de clés, un passeport. Je m'apprête à découvrir son identité quand des pas lourds montent l'escalier. En vitesse, je ferme le sac et me jette sur le lit, m'enfonçant sur l'édredon. Les bras chargés, il pénètre la chambre, son sourire craquant figé à ses lèvres auquel je réponds de la même façon. Il dépose les sacs et déballe l'un d'eux.

– Tiens.

Il dépose sur le lit : une veste en jeans denim, un slim, un tee-shirt, un foulard et un blouson matelassé et léger, le tout de couleur noir.

– La vendeuse a fait de son mieux.

Il déballe un second et en tire deux strings en dentelle accompagnés d'un soutien-gorge assorti et d'un lot de chaussettes. Là encore noirs. Je reconnais bien là son goût prononcé pour cette couleur sombre qui rejoint le mien.

– Parfait ! je lance émerveillée par tant de prévenance.

J'ai l'impression d'être une princesse emprisonnée dans une tour dorée. Et le prince est définitivement charmant.

– Merci, je dis. C'est trop.

– C'est jamais trop.

Il caresse du bout des doigts ma joue rougie par l'émotion. Ce mec a l'art et la manière de cracher les mots qu'il faut.

– N'inverse pas les rôles. C'est à cause de moi que tu es là, rajoute-t-il.

– C'est aussi grâce à toi.

C'est sorti tout seul, saisissant de sincérité.

– Tu m'étonneras toujours… chuchote-t-il, agrippant mon menton et le relevant vers lui.

– C'est curieux, je pense souvent la même chose te concernant.

Il se penche sur moi et dépose un baiser léger sur mes lèvres. Mes yeux se perdent dans les siens, profonds et animés, mais de quoi, je ne sais pas.

– File t'habiller ! Nous sommes de sortie ce soir !

Récupérant un autre sac, il me le tend.

– Tout ce que Madame a exigé !

Je pince la bouche telle une gamine honteuse.

– Merci.

Les bras chargés, je trottine jusque-là salle de bains et découvre mes produits demandés : shampoing, démêlant, mousse coiffante, spray coiffant, crème bouclante, gel douche, crème corporelle, déodorant, crème de soin, démaquillant, coton, cotons-tiges, mouchoirs en papiers et stick à lèvres.

Je ricane comme une merdeuse crapuleuse de mon abus alors que je passe les vêtements parfaitement ajustés à ma taille. Je le soupçonne d'avoir zyeuté les étiquettes de mes fringues. Devant le miroir, je vérifie un détail trop important pour être négligé : le slim moule et souligne idéalement mon cul. Je sors et il me contemple, passant la main dans sa chevelure. *Arf!*

– Tu es belle, Alexandrine.

Il s'approche, attrape ma main et l'embrasse tel un gentleman.

– Oh !

Je fonds sous cette attitude princière.

– Prête ?

J'acquiesce de la tête, le regard fier tant je me sens belle et désirable dans les yeux de cet homme.

*

Le gamin est avachi devant la télé, fumant une cigarette.

– Tu vas où ? demande-t-il en se levant.

Il me dévisage, étonné. Son regard bleu passe de mon visage à celui de mon chaperon et vice-versa. Puis ses yeux s'attardent à nos mains entrelacées. Mon chaperon ne décroche pas un mot.

– Mais tu te la tapes ? s'exclame-t-il interloqué.

– Cause bien devant une dame, s'il te plaît. Et t'occupes c'est pas ton problème, répond-il aussitôt d'un ton autoritaire.

Mon majeur me démange mais je le retiens sagement, ce n'est qu'un sale gosse. Il ouvre la porte et je le suis dans l'escalier tandis que le gosse ricane comme un connard :

– J'y crois pas, il se tape l'otage !

– Quel con, ce môme ! peste mon chaperon.

La lumière s'éclaire à notre entrée dans le garage. La BMW est toujours garée au même emplacement que lors de notre arrivée. Le 4x4 bipe alors que les phares clignotent. Me devançant, il ouvre la porte du côté passager puis se courbe en balançant un bras :

– Si Madame veut bien se donner la peine.

Le cœur palpitant, je frétille devant mon prince charmant et je bulle des cœurs en guise de remerciement. La porte se ferme derrière moi et je le suis du regard, ne pouvant m'en détacher. Il se déplace d'un pas léger dans une posture nonchalante. Il monte dans la voiture et met le contact. Le tableau de bord s'éclaire en une ambiance feutrée. L'odeur du cuir règne dans l'habitacle comme dans la BMW et comme la BMW le véhicule est spacieux et luxueux. L'immense porte s'ouvre lentement devant nous et nous gagnons la surface du monde civilisé. Il fait nuit noire. La lune est partiellement cachée par d'épais nuages alors que quelques étoiles scintillent dans ce ciel couvert. Nous roulons en direction de la côte sous les lampadaires diffusant un éclairage vif et orangé. En ce mois d'octobre, les noctambules sont toujours présents dans les rues animées. Je suis coupée de cet univers dans ma prison dorée.

Quelle heure peut-il être ? L'ordinateur de bord affiche 19 h 02. Cette journée est passée si vite. Trop vite. Et elle a pris une sacrée tournure. Je ne me serais jamais imaginée hier, terrorisée par cet homme cagoulé, découvrir aujourd'hui un être si beau et si doux et me sentir aussi heureuse et épanouie à ses côtés. Il allume le poste et une musique inconnue mais familière s'élève dans les airs. Je reconnais une version dérivée de Bonnie Tyler, *Total Eclipse of The Heart*, jamais entendue auparavant. La voix masculine et douce, enveloppe l'instant de sa magie. La mélodie modifiée mais ressemblante est jouée au piano, accompagnée de violons. Cette version est splendide et je ferme les yeux pour percevoir chaque note et écouter les paroles. « L'éclipse totale du cœur », cette chanson nous est dédiée comme un signe du destin. Mon cœur resplendit mais sera bientôt assombri. Je pose les yeux sur lui et remarque qu'il m'épie en alternance avec la route. Une tendresse inouïe berce son regard alors qu'il me sourit timidement. Sa main se pose sur ma cuisse et je la couvre précieusement des miennes, serrant doucement ses doigts.

– Qui chante ? je demande, fascinée par cette interprétation alors que je ravale la boule étalée dans ma gorge tant elle est bouleversante.

– Je sais pas, j'ai chopé ça sur le net.

Va falloir que je fouille la toile, je songe. Les chansons se succèdent, mélodieuses et émouvantes, soulignées de cette voix harmonieuse. Nous gagnons la côte, d'immenses palmiers s'érigent sur les bas-côtés de l'avenue envahie par les piétons. Les gens rient, chahutent, s'amusent, insouciants. Nous nous engageons sur un parking et il gare le véhicule. Je descends quand le vent léger caresse mes joues. L'air iodé envahit mes poumons tandis que je prends une grande inspiration. Il prend ma main et nous longeons le trottoir puis descendons des escaliers en pierre. Je veille à garder la tête baissée, les yeux rivés au sol, afin de ne croiser aucun regard des passants. La Méditerranée apparaît dominée par la lune qui reflète sur son écrin dans la nuit noire et paisible. L'étendue est magnifique. Au loin, une bande chante et danse autour d'un feu de camp cerné de moellons. Ça sent la saucisse cuite. Nous avançons le long de l'eau s'étalant sur la plage jusqu'à presque nous atteindre et nous enfonçons dans la pénombre. Nos pas s'enlisent dans le sable humide. Il s'arrête, ôte son blouson qu'il pose au sol et s'assied puis me tend la main.

– Viens.

Je m'emboîte entre ses jambes, enveloppée par ses bras. L'air est doux ce soir pour un mois d'octobre. Les feuilles des palmiers s'agitent sous le vent. Je suis bien contre lui, isolée et anonyme à côté de ce monde en mouvement.

– Tout va bien ? chuchote-t-il à mon oreille.

Je me love contre lui resserrant ses bras autour de moi.

– Ça ne pourrait pas aller mieux.

Il embrasse mon cou en un baiser tendre. Ma culpabilité et ma raison se foutent en l'air, désespérées.

– C'est curieux, pour une nana tu ne poses pas de questions.

Je souris à sa remarque sexiste que je préfère ignorer.

– J'ai peut-être peur des réponses.

Il m'étreint encore d'avantage.

– Tu as fouillé dans l'armoire ?

Démasquée en beauté : Je ne questionne pas mais je fouille! Son questionnement ressemble plutôt à une affirmation. Je grimace et tente de noyer le poisson.

– Là c'est toi qui pose des questions.

Et toc! Il sourit à ma vanne quand j'avoue :

– Oui, j'ai fouillé…

Dans la précipitation, je n'ai pas rangé correctement la photographie.

– Il n'est pas mon père biologique mais il m'a élevé et m'aime comme tel. Il est ce père qui n'a pas voulu de moi.

Je reste silencieuse, écoutant ses confidences et caressant le bout de ses doigts de ses mains qui me serrent. Il poursuit :

– Il a rendu ma mère heureuse et l'a accompagnée jusqu'au bout. Cette photo a été prise quelques mois avant sa mort. Un cancer…

Un silence s'installe alors que j'ai un pincement au cœur à cette révélation et que je suis étonnée de la confiance qu'il me témoigne en se laissant aller à ces confessions. J'imagine ce gamin dévasté et perdu lors de la disparition de sa maman, le pilier de sa jeune vie.

– Elle était magnifique…

C'est tout ce que je trouve à dire. Puis j'ajoute :

– Tu as le même regard.

Je cale mon front contre sa mâchoire tandis que je réalise la difficulté de son parcours. Un père absent, une mère partie trop tôt. Marqué au fer par une destinée tragique.

– C'était une grande dame. Une forte personnalité. Sa mort l'a détruit. Il ne le montre pas mais il a un grand cœur.

Je décèle dans ses propos un profond respect pour ce beau-père qui a su remplacer ce père totalement absent. Mais j'en veux profondément à cet homme de l'avoir entraîné dans ses combines malfaisantes et malsaines à défaut de l'avoir accompagné vers un chemin sain et respectable.

– Pourtant, il t'entraîne dans ses braquages, je réponds d'une voix métallique.

– Ne condamne pas avant d'avoir les éléments pour juger, soupire-t-il.

Aie ! Rappel à moi-même : apprends à te taire parfois Alex ! Il a sans doute raison, qui suis-je pour lui faire la leçon ? J'ai été bercée d'amour dans un milieu familial porteur et rassurant. Mais je sais comme la souffrance peut amener à se saborder.

– Il a longtemps bercé dans ce milieu mais s'est radicalement rangé à sa rencontre avec ma mère. Il s'est réellement investi pour nous permettre d'avoir une vie sereine. Mais après sa mort, il s'est écroulé... De mon côté, j'ai enchaîné les conneries... et fait de la taule. Il était là, à me porter à bouts de bras. J'ai tracé ma destinée moi-même. C'est sans doute par ma faute qu'il a repris du service, tenant à m'apprendre à faire les choses intelligemment.

– Pourquoi... ? Pourquoi partir vers ce milieu-là ?

– D'abord par la force des choses... À la dérive complète... Puis par choix. Mais pourquoi réellement je ne sais pas et ne peux l'expliquer. Mais je ne me cherche pas d'excuses, je n'en ai aucune.

Je culpabilise de m'être montrée si sévère envers son père maintenant que j'ai une explication. Il est là pour lui et peut-être que là est l'essentiel. Leur choix de vie est une autre bataille. À affronter entre eux-mêmes et leur conscience.

– Il n'est jamais trop tard...

Je tente de lui faire prendre conscience qu'il y a toujours de l'espoir quand il y a de la volonté.

– Tu peux encore donner un sens à ton existence. Rencontrer l'amour et t'investir dans une vie meilleure auprès d'une femme qui te chérira. Comme l'a fait ton beau-père. Tu le mérites. Tu es un homme bon malgré l'image que tu traînes. Mais cette bataille t'appartient.

Je grimace aussitôt de l'imaginer aimer et chérir une autre femme. Ce mec n'est pas mon homme. Je le sais. Nous n'aurons aucun futur ensemble. Et je ne peux rien espérer. Dans quelques jours le glas sonnera et il partira, mettant un terme à cette histoire éphémère. Je lui souhaite le meilleur mais paradoxalement je refoule cette pensée douloureuse. Trop douloureuse.

– Je me suis déjà bien enfoncé..., soupire-t-il. Certaines rencontres arrivent malheureusement trop tard...

Mon cœur loupe un battement et ma respiration cesse, chamboulée et interdite. Qu'insinue-t-il par ces propos ? Aurait-il aimé lui aussi avoir le choix de prétendre à plus ? Étrangement, j'ai l'intime sensation que notre rencontre n'est pas que le fruit du hasard. Que mon âme s'est préparée à le rencontrer, avant même que nos corps soient réunis et que, comme une évidence, nos chemins se sont croisés. Tout ceci à un sens que je n'ai pas encore percé et peut-être n'en trouverai-je jamais la clé mais je sais que nos âmes étaient destinées. Mon cœur s'assombrit, envahi pas l'amertume et un chagrin soudain tandis que la réalité reprend ses droits, m'éclaboussant le visage : nous ne pouvons prétendre à rien. Pas de plus. Jamais. Les dés sont jetés et les scores entérinés. Je reste ainsi, étouffée et muette par la boule qui a resurgi dans ma gorge alors qu'il respire mes cheveux, puis je trouve son visage et l'embrasse d'une infinie tendresse. Ce baiser dit les mots que mon cœur ne peut pas dire.

*

Je regarde la bande au loin qui s'égosille en dansant. Le feu crépite et les flammes valsent. Un couple s'est isolé et flirte joliment. Je ne peux m'empêcher de les envier, libres de leur destinée. Un choix que je n'ai pas.

– Tu as faim ?

Sa voix interrompt le silence.

– Non merci.

Mon estomac est noué.

– Il faut que tu manges ! Je reviens.

Il s'arrache à moi et se lève en un éclair. Je le suis du regard alors qu'il s'approche d'une petite baraque de fortune où plusieurs personnes font la queue. Je fouille mon sac à bandoulière et sors une cigarette. Je scrute le ciel où quelques étoiles résistent malgré les nuages et brillent comme de petits strass décoratifs. La lune voilée persiste elle aussi et projette ses rayons argentés sur la mer ondulante. Il revient accompagné de son sourire craquant qui suffit à balayer la mélancolie du moment.

– Tiens !

Il me tend un cône en feuille cartonnée débordant de patates en cubes chaudes plantées d'une fourchette en plastique.

– Sauce ?

– Non merci.

– Elles sont délicieuses, tu verras.

Je goûte et confirme : fondantes, légèrement épicées, un délice. Il m'emboîte à nouveau et nous picorons ce repas sur le pouce.

– Et ce mec, c'est qui ? interroge-t-il en mâchouillant.

– Ce mec ?

Je fouille ma cervelle et en déduis qu'il fait référence à Franck avec qui je me trouvais au *Private*.

– Franck ? Mon ange gardien. Un ami cher.

– Rien qu'un ami ? enchérit-il d'un ton suspicieux. La façon dont il te regarde, il a plutôt envie de te culbuter.

Je ricane à sa remarque sarcastique.

– Culbuter ! Quelle expression ignoble !

Il rit à son tour de manière crapuleuse alors que je me réjouis secrètement de ce que sa raillerie cache : un soupçon de jalousie et de possession. Je compte pour lui comme il compte pour moi, envers et contre tout.

– Il n'est pas comme ça.

– C'est peut-être ton ange gardien, il n'en reste pas moins un homme. Et tu lui plais.

Sa voix est grave et certaine. Puis il ajoute dans une affirmation :

– Il s'est passé un truc l'autre soir.

Les images de notre baiser dans la pénombre du *Private* défilent furtivement devant mes yeux. Le regard de Franck, intense et indéchiffrable. Ce malaise qui s'est installé. Sa sortie du club avec la serveuse. Ce manque de lui...

– Oui, j'avoue dans un chuchotement. Y'a eu un truc. Tu es très observateur.

– Déformation professionnelle. Et ?

Je lève les yeux à ce nouveau sarcasme.

– Il m'a embrassée.

Je m'arrête là, aucune envie de fournir les détails.

– Et ? insiste-t-il encore.

– Et tu vois que ce n'est pas purement féminin de poser des questions !

Re-Toc ! Son regard s'anime dans un large sourire.

– Quoi ? je questionne à mon tour.

– J'adore ton sale caractère, impulsif et arrogant.

Il secoue la tête puis embrasse ma tempe.

– Mais ça ne répond pas à ma question.

Putain, il lâche rien !

– Et c'est tout. Ça nous a complètement déstabilisés... du coup, c'était tendu. Il a concrétisé avec la serveuse et je suis rentrée. Sûrement peu de temps après ton départ. Rien de plus.

– Et ça va donner quoi tout ça ? creuse-t-il encore, mordant.

– Je ne sais pas. C'était tellement surréaliste. Tout est resté en plan quand...

– Quand ? demande-t-il doucement ayant cerné mon hésitation.

– Quand tu es rentré dans ma vie et m'as kidnappée !

Je ris de toutes mes dents, tournant en dérision la mésaventure à laquelle j'ai été soumise et contrainte, balayant d'un revers la peur, la terreur, l'angoisse que j'ai pu ressentir. Je ne veux garder de cette histoire que le meilleur : Lui. Il me fait pivoter, entoure mon visage de ses mains chaudes et m'offre un baiser infiniment tendre. Nos lèvres s'enlacent tandis que sa langue caresse la mienne langoureusement. Je savoure le goût épicé de sa bouche quand aussitôt de légers picotements s'emparent du creux de mes cuisses. Le désir de cet homme naît en moi. Trouvant la naissance de ses cheveux, j'y plante mes ongles alors que je m'entortille à lui, impudique, sur cette plage. Il s'arrache à moi :

– Arrête... ou va falloir trouver un coin désert rapidement.

Ses mots ne sont qu'un soupir. Nos fronts se scellent et nous nous dévisageons, le regard animé par l'envie. Et je ne sais dire pourquoi, comme tant de choses qui ne s'expliquent pas, dans un élan complètement paradoxal à la plénitude de l'instant, je pose la question fatidique et redoutée :

– Quand ?

Mes yeux s'assombrissent comme le ciel envahi par l'orage. Je sais qu'il comprend immédiatement et son regard soudain me trouble. Il hésite puis lâche :

– Samedi. À l'aube.

La sentence tombe comme un couperet net et tranchant. La boule réapparaît dans ma gorge instantanément, épaisse et gluante alors que les larmes reprennent leur chemin.

Non, je hurle intérieurement mon front toujours ancré au sien. *Non, je ne suis pas prête pour ça.* Je me voûte comme si tout le poids du monde pesait sur mes épaules en me nichant contre lui. Je respire son odeur et ravale l'envie de chialer qui me tiraille. Ses bras m'enveloppent comme un cocon d'où je ne veux pas sortir. Deux jours. Il reste deux jours alors que je veux encore de lui, éperdument.

– Alexandrine... dit-il tout bas.

Je ne m'habitue pas à ce susurrement sensuel de mon prénom s'échappant de sa bouche qui me trouble chaque fois. Il relève mon visage et balaye une larme qui s'écoule. Il me scrute un instant mais je ne parviens pas à déchiffrer ce regard.

– Viens !

Il se lève brusquement, saisit ma main et m'entraîne derrière lui. Le sable accroché à mon pantalon tombe sous mes pas et virevolte dans les airs. Rapidement, nous quittons la plage et gagnons la voiture. Il ouvre ma portière et la claque sur mon passage. Il est si loin, perdu dans ses pensées, contournant le véhicule d'un pas lourd et déterminé, les yeux rivés à ses chaussures. Nous roulons, vite et je remarque que nous n'allons pas en direction de ma prison dorée. Où allons-nous ainsi ? Toujours muré dans son mutisme, la magie de la musique brise le silence pesant. *Say Something (I'm Giving up on You)*, celle-ci je la connais et par cœur, pour l'avoir écouté tant de fois. J'en frissonne de l'entendre ici et à cet instant même. Je ressasse ce qu'il vient de se passer et m'en veux terriblement d'avoir réagi ainsi, affichant cette fragilité et cette détresse alors que je débute silencieusement une tyrannie de reproches : il n'a pas besoin de ça, dans la merde qu'il est, en cavale, prêt à quitter le pays. Il n'a pas à subir ma tristesse et mon désarroi. Je m'attendais à quoi au juste ? Qu'il s'attache autant que moi à cette histoire fugace destinée qu'à s'achever ? Je viens de gâcher les derniers instants que nous aurions pu vivre pleinement, profitant l'un de l'autre. Je mords ma lèvre inférieure tandis que mes dents scellent leur empreinte. Quelle pleurnicheuse je fais ! À chouiner à tout bout de champ. Je suis tellement chamboulée par toutes ces émotions qui se succèdent tour à tour, que j'ai constamment la larme à l'œil, la sensibilité à fleur de peau. *Ressaisis-toi Alex, t'es pathétique là ! T'es plus forte que ça !* Si je pouvais, je me mettrais un gros coup de pied aux fesses, pour me secouer.

Je regarde par la vitre l'extérieur qui défile, n'osant plus poser les yeux sur lui. Une goutte atterrit sur le verre et je la suis du regard tandis qu'elle glisse péniblement. Une seconde s'éclate lamentablement. Le ciel est couvert, chargé à présent d'épais nuages informes recouvrant l'opacité infinie. Et bientôt la pluie s'installe, tombant précipitamment, aussi fort que mon cœur pleure. La route empruntée est sombre, aucun lampadaire quand nous tournons sur un chemin et nous enfonçons progressivement dans la noirceur. Les essuie-glaces battent rapidement et les bosses secouent violemment le 4x4. Même à cet instant, je n'ai aucune crainte alors que les ténèbres nous engloutissent lentement. Il stoppe net, coupant le contact et laissant les phares puis pivote en ma direction. Son regard est lourd et incendiaire. Je le reconnais, puissant et pénétrant. Les battements de mon cœur s'emballent et ma respiration s'accélère. Dans un mouvement sévère il retire son bonnet et quitte la voiture, la contourne et ouvre ma portière. Il est déjà trempé par la pluie torrentielle alors que de grosses gouttes dégoulinent en cascade sur ses cheveux ondulés.

– Viens, dit-il alors qu'il me tend la main.

Je descends du véhicule tel un robot subjugué par ce regard hypnotique. Je sais ce qu'il s'apprête à faire de moi et consent délibérément, sans sommation ni prières. La porte claque et il m'y plaque avec ferveur. Ses mains agrippent mon visage et sa bouche prend la mienne, profondément. J'aime cette fougue qui le caractérise tant. La pluie gifle ma peau mais je m'en fous, rien n'a d'importance. Seuls nous comptons et cet instant auquel je m'abandonne, saisissant. Attrapant mes cuisses, il me soulève telle une plume dans les airs alors qu'elles s'enroulent sur ses hanches, mes bras autour de son cou. Je me laisse emporter par la force de ses bras tandis qu'il me transporte jusqu'au capot. Ses pas s'enfoncent dans la terre imbibée et boueuse et me dépose doucement. La pluie dégouline sur ma figure et trouble ma vue mais je le distingue devant moi, dans toute sa beauté. Des mèches mouillées, plaquées sur son visage piquent le coin de ses lèvres. Je les balaye, caressant du bout des doigts sa peau, imprimant dans ma mémoire chaque relief. Je mordille l'arête de sa mâchoire cachée derrière une barbe naissante et drue. Je l'effleure comme un trésor retrouvé. Ce mec m'émeut et me bouleverse et je le veux de toutes les façons qu'il soit. Mes seins lourds pointent dans l'attente impatiente de ses caresses. Mon corps, dans sa totalité est sous l'emprise d'une chaleur ardente et je suis humide au creux de mes cuisses, suintant l'envie de cet homme.

Il m'enlève mon sac, haletant, puis mon foulard. Ses gestes sont rapides et certains. Ouvre mon blouson, dégage ma veste et déchire brutalement mon tee-shirt offrant ma poitrine dans son écrin à l'eau qui me pique. Puis, il enfouit son visage dans mon cou mordant ma chair, libère mes seins, les suçant, les mordillant, les pinçant, les torturant de ses caresses délicieuses et envoûtantes. Je le veux, là, maintenant, comme une pulsion primitive ayant pris le contrôle alors que mon corps le réclame, au plus profond de moi.

– Prends-moi, je soupire d'une voix déchirée. Je te veux en moi…

Le ciel gronde sur nos têtes comme un orage d'été alors qu'octobre est déjà bien entamé. Nous pourrions être surpris, l'état du chemin montre un passage régulier mais je m'en fous, je veux vivre l'instant qui s'échappe déjà sous les secondes qui défilent inlassablement.

Mes boots tombent au sol et mon slim accompagné de mon string jonchent le capot. Mes fesses sont à même le métal mais qu'importe. Le désir brûlant qui m'habite repousse les effets de la pluie froide ruisselant sur ma peau. Il déboutonne son jeans, l'abaisse sur ses cuisses fermes emportant son boxer. Son sexe dur et puissant s'érige vigoureusement, s'offrant à moi. Saisissant mes hanches, il me glisse à lui et m'empale dans un grognement bestial et étouffé. Il me remplit, à coups de bassin, me bourre dans un rythme frénétique alors que ses doigts percent ma chair. La tête balancée en arrière, ma peau cinglée par la rincée, je m'accroche à lui, puisant, insatiable, ce qu'il a à me donner. Le monde n'existe plus à la surface de la terre. Seuls nos corps enlacés et emboîtés perdurent. L'extase impatiente m'ouvre ses bras tandis que les prémices divines de la jouissance envahissent le bas de mon ventre, s'étalant violemment au centre de mes cuisses. Je succombe et jouis dans un plaisir suprême et tyrannique. Il me rejoint aussitôt, convulsant sous les soubresauts ardents de l'orgasme, dans un cri voilé qui déchire la nuit.

Nous restons ainsi, éteints et mêlés l'un à l'autre, la pluie tombant sur nous, cherchant notre souffle. Les flots ont lavé sur leur passage la peine et la colère, laissant place à l'assouvissement et la plénitude. Il se déracine doucement, boutonne son jeans puis me porte jusqu'à l'intérieur de la voiture. Je grelotte maintenant. Fouillant dans le coffre, il revient et m'enveloppe d'une couverture moelleuse et douce. Il regagne son poste, met le contact et monte le chauffage à fond. Il me frictionne vivement alors qu'il est aussi trempé que moi. La chaleur de l'habitacle et mon siège chauffant m'apaisent progressivement alors que mon claquement de dents cesse. Retournant sous le déluge, il récupère mes affaires qui traînent encore. Mes boots sont carrément boueuses. Il vérifie ses chaussures, encore plus terreuses que les miennes et éclate de rire comme un connard. Je n'en comprends pas le sens et le regarde, stoïque.

– Mon père… tente-t-il d'articuler. Mon père va péter un câble quand il va voir l'état de la bagnole !

Et il reprend son rire de plus belle.

J'imagine aussitôt l'expression du visage de son père, ses yeux sortant de leurs orbites devant ce carnage infâme. Effectivement, c'est assez comique. Alors que son rire crapuleux est communicatif, je l'accompagne en ricanant au point d'en avoir mal au ventre. Il est si beau dans cet instant de légèreté, tel un ado insouciant. Son nez se retrousse, ses yeux pétillent et se plissent, marquant les fines rides qui les entourent. Quel âge a-t-il ? Je ne le sais même pas. Mais le temps qui passe lui procure une prestance et un charme certains. Cet homme m'étourdit et me fascine de ses paradoxes successifs. Il est insaisissable autant qu'imprévisible, empreint d'une folie douce.

– Tu es fou, je souffle lorsque mon rire se modère.

Ses yeux se posent sur moi, encore troubles, son sourire est délicat, éternellement charmant.

– Oui, à cet instant précis je suis fou. Et j'ai envie de l'être encore et encore...

Ses propos se terminent dans un soupir et il m'embrasse fougueusement, un baiser profond qui me remue. Que cherche-t-il à insinuer, dans ces paroles vagues et sans sous-titres ? Je ne sais pas. Ce que je sais en revanche, c'est que je ne demande qu'à sombrer avec lui, dans cette folie douce, encore et encore...

*

Je dois renfiler mon string et mon slim dégoulinants. Je ne suis pas très motivée, je sais que mes vêtements mouillés vont me glacer, mais je n'ai pas le choix, j'ai le cul à l'air et j'imite la limace sur le siège en cuir à papa. S'il savait ça... je mourrais sur le champ tant la honte serait foudroyante. Il me regarde me tortiller, ma langue coincée entre les dents, afin d'enfiler mon pantalon qui colle désespérément à ma peau. Mon tee-shirt n'est qu'un lambeau et je ferme mon blouson pour camoufler les dégâts et rassembler ma pudeur.

La pluie crépite sur le toit du 4x4 et de grosses gouttes s'éclatent lourdement sur le pare-brise. Mon mascara a bavé, laissant de grandes traînées noires sur mes joues écarlates. La peau de mon visage tiraille et quémande d'être hydratée. Quant à mes cheveux, ce ne sont plus que des dreadlocks improvisées. Je suis jalouse : sa chevelure est toujours parfaite même après le déluge et une baise.

– Je suis désolé, lance-t-il.

Je ne comprends pas le sens de ses excuses.

– Pourquoi ?

Il pointe du menton la saucée.

– Il pleut... et alors ?

Il se ferme comme une huître à qui on va chiper sa perle.

– Je suis un peu maso des fois…

Je sens de l'amertume dans l'intonation de sa voix.

– Si tu parles à demi-mots, je ne risque pas de comprendre.

– Je… j'ai du mal parfois, à gérer mes émotions. Je t'ai embarquée dans mon délire. Tu es trempée et gelée. J'en suis désolé.

– Arrête… l'hésitation ne m'a même pas effleuré l'esprit. Je t'ai suivi, parfaitement consentante dans ton délire, comme tu dis. C'était tellement…

Je ne parviens pas à terminer ma phrase. Les mots me manquent. Ce moment, ce que nous venons de partager était tellement intense et si bouleversant. Tellement lui. Mon corps frémit encore de son passage et de l'empreinte qu'il a laissée.

– Tellement toi. Et de cette folie, j'en veux encore et encore…

Il sourit à l'allusion de ses propos tenus il y a quelques instants. Il me surprend, m'emporte, m'embrase et me consume et n'en a aucunement conscience. Je voudrais lui dire tant de choses mais ni le temps, ni la situation ne me le permettent tandis que mes paroles restent en suspens. Je voudrais lui dire que je succombe, inexorablement…

– Qui es-tu Alexandrine ? demande-il en me fixant, plissant les yeux.

Ces questions ont le don de me prendre de court.

– Comment ça ?

– J'ai déboulé dans ta vie comme un enculé. Pourtant tu es là. Et tu me donnes tant. Tu fais ressortir le meilleur de moi. Tu me touches, là.

Il attrape ma main et la pose sur sa poitrine à hauteur de son cœur.

– Là…, répète-t-il tout bas.

Je suis touchée en plein cœur par cette sincérité et cette déclaration alors que je lui souris tendrement, le regard trouble.

– Au-delà de ce que tu montres de toi, il y a un homme bon, sincère, prévenant et attentionné. Tu es humble et touchant et tu n'en as nullement conscience. Laisse les autres t'aimer.

Ma voix s'enroue alors que ma gorge est prise d'assaut par la boule qui s'acharne.

Et là, je sais. Je sens ce qu'il n'ose pas me dire. Comme moi, il se l'interdit. La musique berce notre silence tandis que mon cœur tambourine dans ma poitrine. Il démarre les yeux dans le vague et me conduit à ma prison dorée.

*

Le gamin dort sur le divan, la bouche entrouverte. S'il ne ronflait pas, on aurait pu croire qu'un cadavre gisait sur le canapé. Nous avons ôté nos chaussures boueuses avant de pénétrer la maison. Personne d'autre dans les parages. Seule la télé piaille, en Espagnol. La luminosité qu'elle diffuse traverse une fumée épaisse qui erre dans la pièce, laissée par une consommation excessive de tabac.

– Monte, je vais nettoyer nos pompes dans la buanderie.

Il allume la montée d'escaliers et je plisse les yeux sous la lumière. Lorsque j'atteins le premier, je tombe nez à nez avec son père. *Putain de merde!* Il me scrute d'un regard perçant, muet et immobile. Je baisse les yeux, déroutée par cet homme et embarrassée par mon allure. Je me tiens voûtée pour tenter d'échapper au contact de mes vêtements encore mouillés alors que les lambeaux de mon tee-shirt pendent lamentablement. Mon maquillage a viré au carnage et mes cheveux dans un état calamiteux. Je n'ose imaginer les pensées lui traversant l'esprit.

– Vous avez faim ? lance-t-il de sa voix grave et autoritaire.

Je crève la dalle! L'énergie déployée m'a creusé.

– Oui, je réponds comme une gamine timide. S'il vous plaît.

Il passe à côté de moi et descend l'escalier de son pas lourd. Il sent bon l'homme fraîchement douché. Bizarrement, je le perçois autrement. Moins antipathique même s'il doit être d'un naturel froid et distant tel un bouclier contre le monde. Il a dû être sportif durant sa vie et sans doute s'entretient-il encore car je devine sous sa chemise sombre, des épaules larges et pectoraux saillants. Peut-être boxeur, je l'imagine bien boxeur. Il en possède la détermination adéquate et la carapace. Mon chaperon m'a permis de découvrir qu'il avait du cœur en dépit de l'austérité qu'il renvoie. Un cœur certainement brisé par la mort de l'amour de sa vie. Je grimace en imaginant la douleur de cet homme face à la perte de sa femme. « Il s'est écroulé », m'a confié mon chaperon. Je sais absolument ce qu'il a enduré. Et ô combien les choses peuvent nous échapper. Mais sans nul doute, dans cette épreuve éprouvante, leur lien s'est scellé.

*

Je cours prendre une douche, après avoir difficilement ôté mes vêtements et mon slim ultra-moulant. Mes jambes sont gelées et engourdies, mon corps courbatu. Je porte en moi les traces de cette passion dévorante et je frissonne encore de ce que cet homme vient de me faire vivre. Le flux brûlant du pommeau ruisselle délicieusement sur moi, m'enveloppant de chaleur. Mes muscles se détendent progressivement, le tiraillement de ma peau s'apaise. Je shampouine mes cheveux quand un courant d'air pénètre la cabine. Je le devine derrière moi quand ses mains parcourent mon dos, puis il accompagne ses mouvements de savon. Il s'attarde sur ma nuque, dénoue mes trapèzes, délasse mes dorsaux puis descend sur mes fesses. Il se plaque à moi et je sens son sexe dur emprisonné contre mes fesses. La vapeur a envahi la pièce, l'air est moite, comme le centre de mes cuisses. Il savonne maintenant mes bras, insiste sur mes mains puis s'attarde sur mon ventre et rejoint mes seins, lourds et réactifs à ce contact charnel. Il frotte son sexe sur mes fesses en grognant. Le temps a suspendu son compte lancinant tandis que je m'offre à ses mains expertes. Mais subitement quelqu'un toque à la porte et me sort brusquement de la magie de l'instant. Il s'arrache à moi et quitte la cabine en jurant.

Fais chier, merde !

Il réapparaît dans la pièce quelques secondes après :

– Mon père a préparé le dîner. Et quand le chef cuisine, faut pas laisser refroidir ! Il nous attend en bas.

– En bas ? Je demande surprise.

– Oui, il me l'a proposé et j'ai accepté. Ça ne te dérange pas ?

Il me regarde au travers de la vitre.

– Non, non, je murmure.

– Quoi ? interroge-t-il en réintégrant la cabine.

– Ton père m'impressionne, j'avoue en me rinçant les cheveux.

– Tu ne l'as pas rencontré dans les meilleures conditions.

Je hausse les sourcils et balance dans un souffle :

– C'est le moins qu'on puisse dire !

Il sourit alors qu'une mousse épaisse a envahi ses cheveux.

– Curieux qu'il ait repris ses casseroles à cette heure, songe-t-il tout haut en se savonnant vigoureusement.

– Je l'ai croisé dans l'escalier, il m'a demandé si j'avais faim.

– C'est donc pour ça. Tu vois qu'il n'est pas si méchant que ça !

– Pff !

Je souffle comme une gamine effrontée et il me claque la fesse avec son sexe. J'éclate de rire à cette réaction débile. Des millions de micro-bulles recouvrent sa barbe de trois jours. C'est mon père Noël à moi qui m'offre son corps et son sexe en guise de jouet. Youpi !

Je sors tandis qu'il se rince. Je zyeute au passage l'eau dégoulinant sur sa peau, chutant de l'extrémité de son sexe assagi. Je sais que ce n'est que partie remise et que nos ébats reprendront là où nous les avons abandonnées. Du linge propre m'attend sur la vasque. Un tee-shirt et un caleçon, noirs. Je démêle mes cheveux en me regardant dans le miroir alors que la brosse tire :

– Je ne vais pas descendre comme ça !

En dégaine, pas coiffée, le teint blafard sous mes joues écarlates.

– Pas le temps pour tout le tralala, ricane-t-il. Tu me plais telle que tu es. C'est pas mon père qui va s'arrêter là-dessus.

Je hausse les épaules, résignée.

Il sort de la cabine à son tour. La serviette glisse sur son corps musclé et je suis du regard sa trajectoire. Ses pectoraux fermes et galbés et ses épaules larges bougent harmonieusement sous ses mouvements. Son ventre gondolé par des abdominaux parfaitement dessinés et recouverts d'un duvet de poils fins, son sexe lourd et pendant désormais en veille et enfin ses jambes travaillées, bordées de frisottis. Ce mec est une perfection incarnée…

– Quoi ? lance-t-il.

Je vire pivoine de mon regard insistant et indécent.

– Rien. Je mate.

Il sourit, sûrement fier de ce corps tentant.

La différence de température déclenche un frissonnement alors que je quitte la salle de bains.

– Tu peux me prêter un pull, s'il te plaît ?

– Dans l'armoire, à droite, deuxième étagère.

J'ouvre et en effet, une pile de pulls et de sweat-shirts sont impeccablement pliés. J'en enfile un, trop grand qui se transforme en robe courte. J'appréhende de dîner avec son père et triture nerveusement une mèche de cheveux. Son regard noir masqué d'une cagoule apparaît devant mes yeux. Je le balaye catégoriquement. Je préfère me remémorer l'homme souriant et détendu de la photo. Plus sympathique et abordable.

– Prête ? s'exclame mon chaperon en embrassant ma nuque.

Pas franchement non.

*

Je n'ai pas le temps de répondre qu'il me traîne déjà hors de la chambre, sa main dans la mienne. Notre linge mouillé sous le bras qu'il jette au sol, au bas de l'escalier puis me guide jusqu'à la cuisine attenante au salon. Je découvre une vaste pièce lumineuse où trône un large îlot central avec à droite, un évier paré d'un robinet à deux têtes et à gauche une plaque de cuisson céramique. Une ribambelle de tabourets de bar y sont accolés et dominés par une dizaine de bulles en verre suspendues au plafond. Au fond de la pièce, une longue rangée de meubles bordée de multiples tiroirs et de l'ensemble de l'électroménager. Des ustensiles sont accrochés çà et là à un fil aluminium scellé à la crédence. Le tout en bois foncé Wengé percé d'inox. Les murs et le sol blancs enveloppent cette cuisine luxueuse où règne une odeur alléchante.

– Prenez place, ça va être froid, râle son père, sans un regard pour nous, le nez dans le frigo.

C'est donc lui, le fameux cuisto et je pénètre son territoire. Je grimace d'embarras tandis que mon chaperon caresse ma main en un soutien précieux et bienveillant. J'escalade le tabouret trop haut pour moi et il s'assied à côté.

– Lasagnes à l'agneau et petits légumes, Pizza saumon et crevette, lance-t-il, sortant les plats du four. Les lasagnes sont réchauffées du dîner de ce soir et déjà bien entamées mais la pizza vient d'être préparée.

C'est un homme fier de ses talents culinaires qui se tient devant moi, le rendant plus accessible. J'opte pour les lasagnes : fondantes et délicieuses. Je mange les yeux rivés à mon assiette remplie.

– La soirée a été bonne ? interroge-t-il, brisant le silence pesant.

Mes joues s'empourprent, coupable, quand me revient soudain en tête nos ébats sur le capot de son 4x4.

– Ouais, nous sommes allés à la plage, répond son fils en mâchouillant sa pizza.

– Du monde ?

– Ouais toujours.

– Vous avez pris la pluie.

C'est une affirmation. Dans l'état où il m'a croisé, il ne peut pas se tromper. Je vire à l'écarlate.

– Du vin ? me propose-t-il poliment en affichant la bouteille.

– Non, merci.

J'ose à peine lever les yeux sur lui.

Il en verse à son fils puis remplit son verre. Ce doit être un grand cru tant il le transvase avec délicatesse.

– Ouais c'est tombé fort, répond mon chaperon alors qu'il étouffe un ricanement.

Je rejoins aussitôt ses pensées et mords ma lèvre inférieure afin d'empêcher mon rire.

Putain, non, ne me fais pas ça !

– Qu'est-ce qui te fais rire comme ça ? interroge son père d'une voix blanche.

De déguster du bon vin semble avoir un effet relaxant sur lui. Mon chaperon part maintenant dans un fou rire immaîtrisable et je ne peux me contenir plus longtemps malgré une lutte acharnée. Je cache mon visage de mes mains afin de dissimuler ce rire déplacé et mes yeux pleurent malgré l'embarras.

– J'ai niqué ta bagnole ! finit-il par articuler difficilement.

Le visage de son père se décompose en une fraction de seconde.

– C'est une plaisanterie ? s'exclame-t-il, espérant être rassuré.

– Elle est toute boueuse ! enchérit mon chaperon sans cesser de ricaner.

– Putain ! J'ai cru que tu l'avais tapé ! Mais qu'est-ce que vous avez foutu, bordel ?

Entre une voiture accidentée et seulement boueuse, la seconde option a dû le rassurer radicalement. Il doit tenir à son bijou car il sort immédiatement de la cuisine et descend à grands pas au garage évaluer les dégâts.

– Mon pauvre père… persiste à ricaner mon chaperon, crapuleusement.

J'ai mal à mes abdos quasi-inexistants tant j'ai ri, séchant mes yeux inondés, regardant ce grand gamin hilare devant sa connerie infâme. Il s'apaise enfin terminant son verre de vin.

– Je dois faire tourner nos vêtements. Je reviens.

Il m'embrasse le front furtivement avant de tourner les talons rapidement, échappant ainsi à la prière que je m'apprêtais à faire afin qu'il ne me laisse pas seule. Je n'ai plus d'appétit mais persiste par pure gourmandise. Cet homme est réellement un fin cuisinier. Subitement, des pas résonnent dans la pièce et je reconnais illico la démarche alerte de son père. Je me redresse immédiatement.

Merde le voilà ! Je me retrouve en tête à tête avec cet homme m'impressionnant, au regard éloquent. Il jette les clés de la voiture sur la table et ingurgite le reste de son verre cul sec.

Houlà… Je voudrais me liquéfier et disparaître sur le carrelage. Je mâchouille la nourriture mais ne parviens pas à avaler, les yeux rivés à mon assiette.

– Vous serez libérée samedi.

Sa voix grave brise radicalement le silence palpable.

– Oui, je sais.

Je marmonne ne levant pas les yeux, la bouche encore pleine. Je balaye nerveusement une mèche qui pendouille et m'agace, de mon front.

– Vous serez interrogée. Vous le savez ? Longuement.

Je parviens enfin à déglutir et manque m'étouffer.

– Je m'en doute.

Où veut-il en venir ? Il vient vérifier mon positionnement ? En même temps, je peux le comprendre. Censée être leur otage, la logique voudrait que je les haïsse, tous autant qu'ils sont. Terrifiée voire ligotée ou malmenée, implorant la fin de mon supplice. Mais la réalité est toute autre : je m'envoie en l'air avec l'un d'entre-deux, attendant impatiente et offerte d'être châtiée divinement. Et là, en l'occurrence, je partage leur dîner telle une invitée conviée. Y'a clairement matière à semer le trouble et soulever des questionnements.

– Vous avez déjà eu affaire à la police ? insiste-t-il.

Non mais là j'ai franchement l'impression d'être mise en condition ! Il me gonfle avec ses questions à la con ! De quoi me suspecte-t-il ? Je lève les yeux sur lui et soutiens son regard pour la première fois, l'imaginant trôner sur une chiotte.

– Non, jamais. Que voulez-vous savoir au juste ? je lance froidement emportée par une témérité soudaine.

Il sourit devant mon arrogance.

– Je veux juste comprendre. Reconnaissez que la situation n'est pas banale. Il s'agit de mon fils et d'autres personnes sont exposées.

Pour le coup, La balle est dans son camp. Je représente un réel danger pour eux car je détiens d'importantes informations et pourrais orienter la police sur des profils certains.

– Je ne cautionne aucunement votre façon de vivre. Vous laissez des victimes sur votre passage dont vous ne vous souciez pas. Ces personnes restent parfois traumatisées à vie !

Je lui crache à la figure ma colère.

– Mais votre fils est une personne authentique et touchante.

Je m'arrête quelques secondes cherchant les bons mots pour définir et exprimer ce que je ressens. Nous mettons carte sur table, il faut absolument que je fasse mouche.

– Et je ne me contente pas que de parties de jambes en l'air. Non, c'est plus que ça… J'ai découvert un être humain. Je ne chercherai pas à vous enfoncer, vous l'avez déjà très bien fait vous-même et ne veux certainement pas porter ça.

J'ai dû virer à la tomate bien mûre sous l'embarras d'évoquer mes ébats avec son fils mais je ne peux éluder la réalité.

– Je vous remercie de cette franchise, répond-il calmement en me fixant. Mais vous devez vous préparer, les flics connaissent bien leur boulot et votre position aujourd'hui vous obligera obligatoirement à mentir. Un véritable cas de conscience quand même.

Je grimace sous sa réflexion pertinente. Il a purement et simplement raison. Si je veux cacher les informations que je détiens, il va me falloir mentir à la police, modifier la réalité ou la taire. J'ai élevé mon fils dans l'importance de l'honnêteté, de l'intégrité, du respect des lois et de notre société afin de lui inculquer des principes de vie fondamentaux et solides. Aujourd'hui, vais-je couvrir, cachée derrière ces sentiments qui m'habitent ceux qui les bafouent ? Un vrai cas de conscience, effectivement, auquel je n'avais pas songé jusqu'alors. Je soupire devant l'épreuve qui se profile, que je vais devoir affronter et à laquelle je ne pourrais fatalement pas échapper.

– Rassurez-vous, vous ne détenez pas autant d'informations que ça et nous sommes très prudents. Vous n'avez rien à porter, les conséquences de nos actes sont notre responsabilité.

Ces propos me laissent abasourdie. Cherche-t-il à alléger ma culpabilité ? Mon chaperon a raison, derrière cette image glacée qu'il affiche délibérément, il y a un homme capable d'empathie et de compassion envers ses semblables. Ces hommes sont réellement singuliers et paradoxaux. Étranges et fascinants. S'il ne m'impressionnait pas autant, il en serait presque agréable.

Ce soir, j'ai comme l'impression qu'il a déposé les armes et son costume sombre pour apparaître naturel et vrai. Il emplit mon verre d'eau puis se verse du vin.

– Merci.

– Vous avez des enfants, si je peux me permettre ?

Il s'intéresse véritablement à moi et ce que je suis. Il y a bel et bien un cœur qui tape derrière cette chemise noire.

– Oui. Un fils.

– Quel âge ?

– À peine plus âgé que le gamin qui dort à côté.

Il balance la tête comme la cadence d'une pendule puis soupire.

Des pas arrivent par le vestibule. Mon chaperon approche alors que mon cœur s'emballe. Il laisse un vide quand il est loin. Il surgit dans la cuisine, la démarche nonchalante, balançant une mèche de côté. *Arf!* Ce geste sensuel me remue et j'aimerais que son père nous condamne dans la chambre, coupables d'avoir pourri la caisse. Aussitôt son regard se pose sur moi alors qu'il me sourit tendrement et je réponds de la même façon. Puis, il bascule vers son père et je devine qu'il attend sa réaction tel un gosse qui redoute la sanction.

– Tu sais ce qu'il te reste à faire ? lâche le père calmement.

Malgré le fait qu'il doit très certainement être plein aux as, il conserve un certain respect de la valeur qu'il possède. Mon chaperon acquiesce de la tête, résigné, un sourire en coin. C'est presque comique de les observer, spectatrice de leurs chamailleries puériles alors que je les ai vus les armes à la main, violents et agressifs. Le contraste est déroutant. Je réalise que je me trouve à présent, au cœur de la sphère familiale et cette situation est définitivement rocambolesque. Je renonce au reste de mon assiette, trop copieuse, m'en excuse et remercie le chef. Puis cherche une horloge en scrutant la pièce. L'affichage digital du four affiche 1 h 02. Une journée supplémentaire s'est écoulée, laissant place à la suivante en nous rapprochant inexorablement du moment fatidique où nos chemins se sépareront. La mélancolie me gagne malgré le moment finalement agréable que je viens de passer. Je vais retrouver mon fils, mes amis, ma famille qui m'attendent certainement rongés par l'angoisse. Je devrais en être heureuse et impatiente mais je dois me rendre à l'évidence, ce n'est pas ce que je ressens car il va me falloir vivre le pire auparavant. Le cadavre de ma culpabilité gît à présent, lamentablement à côté de celui de ma raison. Cet homme dont je ne connais toujours pas le prénom a pris une place immense en peu de temps. Il est tout près de moi, à cet instant même, pourtant le manque de lui me gagne déjà et s'installe davantage sous les secondes qui s'écoulent. J'espère que je saurai retrouver dans ma mémoire tous ces instants partagés. Je ne peux lutter contre le temps qui persiste éternellement dans son rythme incessant, je n'en ai pas les armes et ne peux que m'y soumettre, amère. La voix de mon chaperon me tire de mes pensées qui me laissent cafardeuse :

– Je l'emmène à la palmeraie tout à l'heure.

La pizza de son père le régale encore alors que l'homme semble consentir silencieusement.

– C'est magnifique, tu verras ! enchérit-il le regard animé.

Cet endroit doit vraiment lui plaire et lui tenir à cœur.

– Tu viens avec nous ? propose-t-il à son père.

Je m'imaginais déjà me promenant tendrement enlacée de ses bras dans ce décor idyllique, créant un autre souvenir indélébile mais cette pensée dégringole subitement, se fracassant au sol en milliards de fragments, m'éclaboussant de regrets.

– Pourquoi pas, j'allais m'y rendre.

Merde ! Merde ! Merde !

La façon dont les deux hommes se fixent me laisse penser que ce lieu a un sens pour eux. Qu'il représente quelque chose qu'ils partagent en commun. Du coup, cela avive ma curiosité toujours en activité. Je me sens quelque peu égoïste d'avoir souhaité ce moment exclusif. Mais samedi, le père et le fils quitteront cette maison ensemble alors que je serai réduite à n'être définitivement qu'un éternel souvenir. Ma mâchoire se crispe et j'espère que ces pensées qui m'angoissent quitteront mon esprit en fumant une cigarette.

– Je voudrais une cigarette, s'il te plaît.

Mon chaperon se goinfre encore. La pizza copieusement garnie n'a toujours pas eu raison de lui.

– Tenez.

Son père récupère un paquet de blondes posé sur le plan de travail et me le tend.

– Merci, je murmure poliment alors qu'il m'accompagne.

La cigarette m'étourdit légèrement.

– Va falloir prendre les routes secondaires, conseille le père alors que le fils acquiesce de la tête.

Je comprends qu'en ma présence, les routes secondaires seront moins risquées et assujetties à un éventuel contrôle policier. Ce sont eux les fugitifs mais c'est moi que l'on cache, quelle ironie. J'en déduis que la police ne doit pas être sur leurs traces car ils ne semblent ni inquiets, ni limités dans leurs sorties. Quelles informations exactement la justice détient-elle sur la bande ?

Mon chaperon termine enfin son repas, me voilà soulagée et impatiente de rejoindre la chambre. Il est tout près de moi mais me manque, profondément. Mes pensées m'ont déstabilisée et j'ai besoin de respirer son odeur telle une conduite addictive. Nos doigts s'entrelacent instinctivement, après qu'il ait aidé son père à débarrasser. Nous le saluons et montons enfin à l'étage comme un couple légitime allant se coucher. Le gamin sommeille toujours sur le canapé mais le son de la télé a été coupé, restent les images qui défilent tandis que les différentes couleurs dansent contre les murs.

*

Le traînant par la main, je grimpe les escaliers deux par deux, empressée et impétueuse, il me suit en ricanant. J'entre dans la chambre et cherche à tâtons l'interrupteur.

– Non, dit-il, n'allume pas.

Puis il ferme la porte derrière lui alors que la lumière du couloir disparaît, nous plongeant dans l'obscurité totale. L'absence de bruit bourdonne dans mes oreilles. Sa main se pose sur mon bras et il me guide lentement jusqu'au mur qui apparaît dans mon dos. Je discerne à peine sa respiration mais sens le parfum exquis de sa peau. La vision ôtée, mes autres sens sont en éveil et à l'affût. Il me retire mon pull et mon tee-shirt que je devine tomber au sol. Puis mon caleçon vient couvrir mes pieds, d'un revers je l'éjecte plus loin. Nue, totalement à sa merci, je ne peux voir venir ses gestes. Mon souffle s'affole tandis que mon corps exsude le désir naissant. Une bourrasque de chaleur saisit mon bas-ventre et mes seins lourds pointent fermement. Ma peau l'espère et le réclame en une cascade de frissons irradiant ma nuque jusqu'à la naissance de mes fesses. Je mords ma lèvre inférieure sous l'emprise tortueuse de la frustration. Il se joue de moi, ensevelie par mon désir brûlant.

Soudain, sa bouche trouve la mienne et je m'abandonne en gémissant à ce baiser fougueux et profond, trop fugace. Il a disparu aussi rapidement qu'il m'a saisie, me laissant frémissante et haletante. Je mouille généreusement et serre les cuisses, tentant en vain d'apaiser le feu qui s'attise et s'étend, implacable et ardent. Je perçois à peine un mouvement et devine qu'il retire ses vêtements, venant rejoindre les miens et lécher le parquet. Brusquement, ses mains enveloppent mes seins et je me cambre instantanément, lui offrant en pâture. Doucement, il titille mes tétons qui roulent sous ses doigts acharnés, les pince furtivement puis sa bouche les rejoint alors que sa langue tournoie, impitoyable sur mes mamelons. Mais de nouveau, il s'arrête, radicalement, abandonnant mon corps à la privation en suppliant. Je grogne puis miaule l'espérant follement, transpirant l'envie de tous les pores de ma peau. Je me caresse afin d'apaiser le désir qui règne presque douloureusement en moi et me consume littéralement quand je perçois qu'il s'agenouille, son souffle courant sur moi. Soulevant une de mes jambes, il pose mon pied sur son épaule qui l'accueille solidement. Ouverte, béante à cet homme, je l'attends éperdument. Mes jambes tremblent alors que sa langue frôle mon clitoris. J'étouffe un cri. Puis il le lape, le masse, le malaxe tandis que son doigt glisse sur ma fente mouillée puis rejoint mon anus.

– Oh!

Je serre mon index entre les dents afin de ne pas hurler mon plaisir alors qu'il s'acharne féroce et inflexible. Mon anus succombe et ouvre ses portes tandis qu'il prend lentement, de son doigt, possession du territoire. Il se redresse brusquement, me laissant suffocante, agrippe mes épaules et me fait pivoter quand je prends appui contre le mur que la chaleur incandescente de mon corps à envahie.

– Ah, ton cul… souffle-t-il. Comme je l'aime ce cul… Je le veux…

Sa voix est chaude et suave et retentit telle une déflagration à mes oreilles. Je n'émets aucune réticence, je sais combien une sodomie adroitement pratiquée peut-être souveraine. Je me cambre davantage et écarte encore légèrement les cuisses, prête à le recevoir. Il parcourt ma cambrure et frotte son sexe à mon cul impatient. Il me fouille d'un doigt puis d'un autre afin de préparer le passage. Je suis trempée, la lubrification est assurée alors que mon corps autorise l'accès en conditions pour l'accueillir. Il présente son gland et s'immisce doucement dans un mouvement de va-et-vient progressif. Je caresse mon clitoris enflé pour apaiser ces débuts douloureux quand lentement il scelle le passage et accentue la cadence. Il me remplit et me possède au rythme de ses coups de reins divins quand soudain, il claque ma fesse. L'animalité surgit en moi, foudroyante dans une excitation dévorante.

– Oh oui, encore…

J'implore dans une voix abyssale. Je m'offre à cet homme, cognant violemment mes fesses à son sexe puissant.

– Comme c'est bon… gémit-il sans une respiration saccadée. Tu me rends fou…

Je me masturbe en recevant ses coups de buttoirs acharnés, rapides et réguliers. Mes jambes tremblent tandis que ses doigts percent ma chair. Il geint, feule, grogne tel un animal sauvage. La jouissance s'insinue et j'ordonne à mon corps de ne pas succomber, je veux encore de lui et de son sexe châtiant ardemment mon cul. Mais le plaisir fort de son intensité me contrôle et me soumet, je cède à la jouissance dans un orgasme extrême et foudroyant qui me transporte au sommet, mon corps secoué de spasmes brutaux et saccadés tandis qu'il me rejoint convulsant dans un grognement guttural. Je manque m'écrouler et il me retient, ses bras enroulés solidement à ma taille. Mon cœur cogne ma poitrine dans un rythme désordonné tandis que je cherche l'air. Il embrasse ma nuque et murmure :

– Tu me rends dingue, tu le sais ça ?

Mon cœur cesse instantanément de battre et mes mains viennent recouvrir les siennes que je porte à ma bouche et embrasse tendrement.

– Je voudrais te dire tant de choses…

Ma réponse s'achève dans une voix étranglée tandis que les larmes gagnent mes yeux. Cet homme me bouleverse une fois encore et j'aimerais lui livrer ce que mon cœur porte et conserve précieusement en secret. Le silence a repris ses droits. Nous restons ainsi quelques instants, liés à écouter le néant, gardant en nous ce qui ne peut en sortir. Puis, il s'écarte délicatement, cherchant à tâtons un vêtement avec lequel il essuie son sexe et me le tend. J'éponge le jus de notre accouplement. Puis il me porte et me dépose délicatement sur le lit où il me rejoint, toujours nus, lovés l'un à l'autre, enveloppés par la noirceur de la chambre. Il me serre fort comme pour ne pas me laisser m'échapper tandis que j'écoute l'écho chantant de son cœur. Je déglutis, tentant de chasser la boule figée dans ma gorge mais elle persiste, solidement accrochée. J'atteins des sommets démesurés avec cet homme et je sais que la chute n'en sera que plus vertigineuse. Le coup de foudre existe, ne s'explique pas et je le reconnais bien là. Sa voix balaye le mutisme dans lequel nous nous sommes enfermés :

– Tu ne m'as pas demandé mon prénom.

– Non. Pas besoin de connaître ton identité. Je sais qui tu es, je réponds d'une petite voix.

Je ferme les yeux et voudrais que la mort m'emporte à cet instant même afin que ce que je ressens jusqu'au plus profond de mon être soit le dernier sentiment ancré en moi. Il embrasse mon crâne et respire mes cheveux. Je sombre dans le sommeil, bercée par ses bras.

Jour 3, jeudi

Un souffle vif et répété me tire du sommeil. Je me redresse et l'admire, étendu de tout son long, en appui sur les bras, au bas du lit. Il fait des pompes. Son buste descend et remonte énergiquement dans un rythme soutenu. La clarté envahit la chambre par les volets entrouverts alors que le soleil, fébrile, tente de s'inviter. Je m'assieds, l'édredon cachant ma poitrine et me frotte les yeux afin de mieux le voir. Il lève la tête et me sourit : la première plus belle image de ma journée.

– Ça y est, la marmotte est réveillée ? lance-t-il essoufflé alors qu'il se redresse sur ses jambes dans un mouvement leste et gracieux.

Sa chevelure est retenue par un bandana qui lui procure une allure de surfer sexy. Son torse est nu et son short agrippe ses hanches. *Arf!* Mon cœur palpite déjà devant ce corps majestueux et tentant. Il s'approche, se penche sur moi et embrasse mon front alors qu'il caresse tendrement ma joue.

– Bien dormi ? murmure-t-il.

– Oui, je réponds encore dans le brouillard.

Je dois avoir une mine effroyable et mes cheveux indisciplinés doivent s'échapper en tous sens, mais je m'en moque car je brille dans les yeux de cet homme.

Ses muscles congestionnés par l'entraînement luisent sous la transpiration et des veines saillantes ondulent sous sa peau. Il me pousse doucement et je tombe mollement sur les draps. Puis il m'enveloppe de ses bras alors que le matelas s'affaisse sous son poids. Je m'enivre de ce mélange de sueur masculine et de déodorant. Ce mec déborde de testostérone et ça frétille au creux de mes cuisses. Toujours nue, il embrasse ma nuque et mes épaules qu'il parcourt en déposant une nuée de baisers humides alors qu'il agrippe la naissance de mes cheveux. Ça sent le réveil câlin…

– J'ai envie de toi, susurre-t-il dans un souffle qui danse sur ma peau. J'ai toujours envie de toi…

Ses ongles griffent doucement ma chair et je me contracte dans un sursaut de frissonnements. Son sexe durci par le désir frotte lentement mes fesses et je me cambre pour mieux l'apprécier. Sa main trouve mon sein et ses doigts jouent gaiement avec mon téton qui réagit immédiatement. Prisonnière et soumise, de doux picotements s'emparent du bas de mon ventre. Ma respiration n'est plus qu'un flux sommaire. Je mouille et l'attends dans toute mon impatience. Cet homme n'est que douceur et volupté ce matin. Je devine un mouvement alors qu'il descend son short sur ses cuisses fermes. Puis son sexe aborde ma fente humide et il me pénètre insensiblement tandis que mes muscles internes se contractent sous son passage langoureux. Il gémit et je miaule quand il m'emplit sous la cadence indolente de ses hanches. Nos corps ne font plus qu'un, rassemblés et unis, bougeant au même rythme serein. Je savoure son sexe long et puissant aller et venir au plus profond de moi. Sinueusement, les prémices délicieuses de la jouissance déferlent en moi, semant sur leur sillage des ondes fluides et ardentes de chaleur et de plaisir intense. L'extase grimpe en moi, fulgurante et enchanteresse alors que mon cœur rate ses battements continus. Nous jouissons à l'unisson dans une alchimie parfaite, assouvis, le souffle court.

*

Quand je remonte en surface, je remarque que mon linge est plié, impeccablement rangé sur le chevet. Ma robe, mes collants, mon slim, ma veste en jeans, mon blouson, mes dessous et mes chaussettes, parfaitement empilés et dessus, en chiffon, gît mon tee-shirt en lambeaux. Il ne l'a pas jeté, le conservant comme un souvenir. Il se retire et sa semence coule sur ma cuisse, trace liquide de son passage en moi. Remontant son short, Il récupère un mouchoir dans la salle de bains et me le tend, un sourire tendre accroché à ses lèvres.

– Je descends chercher le p'tit déj'.

Je le regarde quitter la pièce de son pas nonchalant devinant sous son vêtement, ses fesses fermes et rebondies.

Quelle heure peut-il être ? Aucune idée. Je regarde la cime des arbres danser sous le vent derrière les volets entrebâillés et les rideaux en voile transparent. Je réalise que je n'ai jamais vu l'extérieur depuis la fenêtre. Récupérant un tee-shirt dans l'armoire, je me dissimule derrière les rideaux. La bâtisse imposante surplombe une cour tapissée de pierres polies et incrustées dans le sol cernée par un jardin luxuriant. De hauts murs en pierres sèches délimitent la parcelle et protègent du vis-à-vis. Au loin, les toits des maisons entassées et parsemés d'arbres immenses et clairsemés entourent un clocher. L'énorme horloge en chiffres romains affiche 11 h 40. Après ce moment érotique et terrassant de la nuit, j'ai dormi à poings fermés. Mon bas-ventre réagit sous ce souvenir indécent et fiévreux alors que mes muscles internes se contractent, cherchant l'empreinte de son passage. Cet homme me transporte dans un univers sensoriel et féerique.

Son retour me tire de mes pensées. Entre ses mains un plateau bien garni. Je crève de faim et l'odeur appétissante du pain grillé me fait saliver. À moins que ce soit son torse toujours dénudé. Je suis servie telle une princesse assise en tailleur sur le lit et mon prince est éternellement charmant, si ce n'est plus encore. Je beurre une tartine et la croque à belles dents, il me scrute, allongé de l'autre côté du plateau, sirotant un jus d'orange.

– Quoi ? je demande sous ce regard insistant.

– Rien. Tu es belle, les joues roses, après l'amour.

Pour le coup, elles doivent être colorées car je m'empourpre immédiatement alors que je souris niaisement. Il m'embrasse furtivement et file dans la salle de bains. Le jet d'eau coule bruyamment tandis que j'imagine l'eau inonder son corps nu. Ce mec m'obsède. Le jus d'orange frais me désaltère et apaise le feu qui m'anime. Les effluves envoûtants de son eau de toilette le suivent et envahissent la chambre tandis qu'il sort de la pièce. La serviette qui enveloppe ses hanches tombe au sol et j'admire son cul bombé alors qu'il fouille l'armoire. Je me demande si ce petit jeu n'est pas orchestré de façon à m'émoustiller. Il s'habille avec toute la grâce qui le caractérise. Ses cheveux encore humides ondulent intensément. Quand il se tourne vers moi, sa main balaye ses cheveux et là, je fonds carrément. Il m'embrasse, me balance un clin d'œil et sort rapidement en précisant :

– Quelques courses à faire. Prépare-toi, je reviens vite.

Il me manque déjà alors que la porte se ferme derrière lui. Mon p'tit déj' terminé, je prends une douche. Je lui chipe un rasoir et ce moment d'intimité me permet de peaufiner mon intégrale. Son odeur imprégnée sur ma peau ruisselle sous les flots. Aujourd'hui, il me conduit à la Palmeraie, lieu vraisemblablement cher à son cœur et je frétille littéralement. Cependant le mystère qui entoure l'endroit pique vivement ma curiosité affûtée. Que symbolise le site pour son père et lui où ils se rendent tel un lieu de pèlerinage incontournable ? J'en apprendrai peut-être davantage sur place.

Je me sèche activement et décide de me pomponner afin d'honorer cet homme qui m'épanouit telle une rose devant les premiers rayons de l'aube. Après avoir dompté ma chevelure, je passe à la phase maquillage et mon reflet dans le miroir me satisfait : mon teint blafard est gommé et mes yeux ont retrouvé leurs courbes originelles. J'accroche mes pendants, ces petites choses brillantes représentent tant car c'est par elles que tout a commencé. Puis je cale mes solaires à leur place habituelle. Mon slim a retrouvé son confort et je garde son tee-shirt car le mien a cédé sous sa fougue. Me voilà fin prête alors que je souris au miroir.

J'attends son retour, impatiente, assise sur le lit que je viens de taper, témoin anonyme et muet de nos ébats fiévreux. Mais seule dans cette chambre, les pensées obscures refont rapidement surface. Comment vais-je être capable de reprendre le cours de ma vie après tout ça ? Après lui. Cette angoisse m'est familière et a toujours le même goût amer. Vais-je être encore suffisamment forte pour affronter cette solitude intérieure coriace et obstinée qui transforme le quotidien en une épreuve insurmontable ? Jamais, plus jamais je ne le reverrai. Ces mots résonnent dans mon crâne comme une litanie lancinante. Ce mec a surgi dans ma vie telle une tornade dévastatrice, l'a chamboulée de mille façons mais a ranimé sur son sillage, mon cœur trop longtemps englué dans la torpeur profonde. Il a touché mon âme, la tient entre ses mains et je ne pourrais en définir les raisons. Certaines choses ne s'expliquent pas mais se vivent simplement, sans définitions préalables. Je revois furtivement Franck, l'air hagard, attendant une réaction de ma part. « C'est ainsi, ça ne s'explique pas », avait-il soufflé.

Quand le cœur parle, la raison n'a plus lieu d'être et les actes mènent la danse, pas les mots. Franck, mon ange, comment vais-je t'expliquer l'inexplicable ? Je réalise combien il me manque. Combien les miens me manquent. Pourtant, dans un dilemme cruel, afin de les retrouver, je vais devoir auparavant quitter ce monde dans lequel je me trouve et les personnes qui le constituent. Ces deux univers diamétralement opposés vont se confronter et dans la bataille, je volerai en éclats. Car envers et contre tout, j'ai succombé à l'amour. J'aime cet homme. Mon cœur s'est ouvert telle la fleur qui s'épanouit au soleil éblouissant sous chacun de ses sourires, sous chaque geste de tendresse, chacun de ses baisers, chacune de ses caresses. Cet amour m'oblige à respirer, guide le sang dans mes veines, déborde de mon cœur et le berce inexorablement. Je n'ai ni cherché, ni même pu lutter, fonçant tête baissée, sans arme et protection, sombrant en toute conscience. Nos âmes étaient destinées à se trouver et se rejoindre, rien ni personne n'aurait pu s'interposer, même la plus immense des grandeurs. C'était inscrit. Je ne connais pas la nature réelle de ses sentiments pour moi mais je sais qu'il tient à moi, c'est écrit dans son regard, ses gestes et la manière dont il me fait l'amour. Il me possède de toutes les façons possibles, de manière viscérale, corps et âme.

Les larmes inondent mes yeux et la boule si familière a repris sa place habituelle, toujours plus épaisse et compacte. Je touche le paroxysme des émotions contradictoires : je vis à la fois un bonheur inouï et porte une tristesse profonde. Je me lève brusquement, luttant pour me faire violence. J'inspire et expire fortement pour chasser cette angoisse, ravalant cette putain de boule qui s'obstine, butée et tenace quand j'entends ses pas dans l'escalier. Je fonce illico dans la salle de bains alors que le miroir me renvoie mon regard rougi et larmoyant. J'en sors, feignant une quinte de toux.

– Tout va bien ? questionne-t-il, me dévisageant.

Je racle ma gorge.

– Oui, oui.

– Sûre ?

Il s'approche et m'enlace tendrement.

– Oui. Sûre, je murmure.

– Prête pour la balade ?

Son enthousiasme réchauffe mon cœur tandis que je respire son odeur. Il est là, contre moi et je n'ai pas le temps d'en perdre une miette. Je chasse mon chagrin d'un revers implacable. Une belle journée s'annonce à nous.

– Oui, prête ! je m'exclame, la mine réjouie.

*

Nous roulons en direction du sud à bord du 4x4 nettoyé. Son père nous rejoint après un impératif à régler. Il fait doux et une légère brise caresse les arbres. La musique accompagne notre déplacement, toujours cette même voix poignante et captivante, résonnant sur des mélodies mélancoliques et romanesques. Je le dévisage tandis qu'il conduit, concentré. Il a enfilé son bonnet et la pointe de ses cheveux s'en échappe. Sa barbe a poussé et souligne d'autant plus son regard émeraude. Il paraît serein et heureux de se rendre à la Palmeraie. Ses mains glissent sur le volant avec autant d'aisance qu'elles glissent sur mon corps. Il me donne l'impression d'être perché dans ses pensées. Je n'ai pas envie de le sortir de sa rêverie mais une question taraude mon esprit.

– Quoi ? demande-t-il subitement.

Il jette un œil en ma direction en souriant.

– Aurais-tu la faculté de lire mes pensées ?

– J'aimerais bien ! Vraiment, répond-il assuré.

– Tu pénètres déjà bien des choses… je réponds d'un ton lascif.

Là encore c'est sorti tout seul et il éclate de rire sous ce sous-entendu graveleux.

– Mais j'aimerais encore plus.

Cette insinuation aussi vague soit-elle laisse entendre beaucoup.

– Plus ? je demande confirmation.

– Plus, plus, plus ! répond-il, entérinant ses propos.

Puis il change radicalement la tournure de la conversation, noyant le poisson, tandis que j'ai deux gros cœurs palpitant plantés dans les orbites :

– Vas-y pose ta question.

Il me coupe dans mon élan alors que je débutais une analyse minutieuse de sa réponse en binôme avec ma cervelle.

– À quel moment m'as-tu reconnue ?

Il sourit dans un regard malicieux.

– Lorsque je t'ai demandé de sortir de la BMW.

Il se souvient exactement du moment. Je le coupe immédiatement :

– Ordonné !

Il m'interroge du regard.

– Tu m'as ordonné de descendre de la BMW. Nuance.

Il sourit encore et balance la tête, feignant l'exaspération.

– Fichu caractère ! OK. Quand je t'ai ORDONNÉ de sortir de la BMW.

J'acquiesce dans un sourire narquois quand il continue :

– Tu m'es apparue soudain. J'ai trouvé ça…

Il cherche ses mots.

– Inouï. Fascinant. Tu te trouvais là, devant moi par le plus grand des hasards. Incroyable.

Il secoue la tête comme encore époustouflé de sa découverte.

– Et franchement déconcertant. Tu n'étais plus l'otage lambda. Non… c'était toi.

Il pose une main sur ma cuisse et caresse l'étoffe de mon pantalon.

– Je ne crois pas au hasard, je réplique, les yeux rivés à sa main que je couvre de la mienne.

*

La ville a disparu à présent alors que nous empruntons des routes de montagne sinueuses et peu entretenues. Les terres sont arides et caillouteuses où se déploient de magnifiques lauriers roses épais et touffus, dominés par des ribambelles de palmiers gigantesques et solennels. Çà et là, des arbustes piqués de minuscules fleurs bleues courent au sol, accompagnés d'un pullulement de cactus de toutes formes et toutes hauteurs. Je ne connais pas cette partie de l'Espagne et la découvre, émerveillée. Une rivière peu abondante malgré la rincée de la nuit s'écoule du cœur de la montagne. Les sols et la végétation adaptés au milieu, se sont servis et abreuvés, égoïstes, de ce don du ciel. Il demeure couvert par les nuages qui flottent lentement tandis que le soleil, obstiné, parvient à diffuser une chaleur douce et agréable.

– Tu connais le Maroc ? lance-t-il subitement.

– Non. Jamais eu l'occasion d'y aller. Pourquoi ?

– Simple question.

Je ne sais pas ce que cette question soudaine dissimule mais ce dont je suis certaine, c'est qu'elle n'est pas anodine. Cependant, je n'en demanderai pas d'avantage, ne souhaitant obtenir quelconque information que je serai susceptible de cafter à un représentant de la loi, têtu et insistant. J'effleure ses doigts, eux-mêmes qui se sont immiscés en moi alors que je gigote sur le siège afin d'apaiser la chaleur moite qui envahit insensiblement le centre de mes cuisses. Ce mec a un tel effet sur moi, c'en est presque indécent.

– Besoin que je m'arrête ?

Il a dû remarquer mon manège et penser que je suis aux prises d'une envie pressante à soulager. Sauf que pour le coup, l'envie pressante c'est lui. Je souris de sa naïveté passagère.

– Non. Merci.

– Quoi ?

Le sourire malicieux scellé à mes lèvres l'interpelle.

– Tes doigts, je réponds à demi-mots.

– Quoi mes doigts ? insiste-t-il.

– Ils évoquent en moi certains souvenirs… Je me dandine car ça me chatouille.

Je souffle, papillonnant des yeux, un sourire en coin.

– Je vois, répond-il d'une voix de marbre.

Il me dévisage comme s'il me découvrait à l'instant tandis que son regard s'anime et brille sous le désir naissant. L'habitacle se charge d'électricité imperceptible mais presque palpable. Je ne le quitte pas des yeux, hypnotisée par cette beauté brute.

– Dès que possible, je me charge de ce chatouillement, balance-t-il d'une voix suave. Regarde l'effet que tu me fais !

Il chope ma main et l'entraîne au centre de ses cuisses. Malgré l'épaisseur du jeans, je discerne parfaitement dans ma paume, son sexe dur.

– J'en ai mal à la queue tellement tu me fais bander…

Il chuchote presque, sûrement mal à l'aise dans son vêtement désormais étriqué.

Je rougis à cette déclaration alors que l'envie de ce mec m'obsède. Je caresse doucement son sexe au travers de l'étoffe, impudique et délibérément coquine.

– Tu me rends dingue… grogne-t-il le souffle saccadé.

L'envie de prendre sa bouche brûle ma gorge et je mords ma lèvre inférieure pour condamner l'élan qui m'anime.

Il tente de rester concentré sur la route alors que ma main persiste dans son mouvement languissant et il accélère à la recherche d'un recoin pour abriter et assouvir ce besoin organique soudain et brutal qui me domine. Il tourne à hauteur d'un chemin perpendiculaire et nous avançons sur quelques mètres de dénivelé. Le 4x4 s'agite sur le sol irrégulier et pentu, écrabouillant de petits cactus au passage. Enfin, il stoppe le véhicule à hauteur d'un vaste buisson épineux alors qu'un voile de poussière nous enveloppe. Le contact n'est pas coupé que j'ai déjà débouclé ma ceinture, ôté mes chaussures, mon slim, mon string faisant l'impasse totale des conventions et éventuels préliminaires. Je mouille sur le cuir de la bagnole de son père mais je m'en moque, seul le désir pour cet homme qui me déchire compte. Il ricane de mon impatience alors qu'il recule son siège, déboutonne son pantalon puis se soulève et le descend sur ses cuisses musclées et charnues.

– Tu es folle… rit-il.

Son sexe se dresse puissant et vigoureux, n'attendant plus que moi. Mon cœur bat la chamade et ma respiration suit le même rythme effréné.

– Viens, chuchote-t-il.

Il agrippe mon bras et me guide alors que je m'érige au-dessus de lui, les jambes pliées sur le siège cernant les siennes.

– Folle oui, je murmure sur ses lèvres.

Folle de toi.

– Et de cette folie, j'en veux encore et encore…

Je prends son sexe en main et l'enfonce brusquement en moi, dans un grognement bestial. Ses gémissements rauques dansent dans l'habitacle. Ses ongles percent ma chair tandis qu'il accompagne la cadence de mes hanches. Je miaule et couine sur son bassin qui rejoint le mien avec ardeur et frénésie. Il empoigne mes cheveux et prend ma bouche dans un baiser fougueux. Nos langues s'emmêlent avec férocité, avide de la saveur de l'autre. Ce désir pour cet homme, si puissant, me submerge et déborde par chaque pore de ma peau. Je le veux éperdument et bien plus encore tandis qu'il m'emplit, me perce de son sexe que je viens chercher, affamée et insatiable. Ses mains s'insinuent sous mon tee-shirt, palpent mes seins, tyrannisent mes tétons.

– Putain… Tu me rends dingue…, lâche-t-il.

Je m'empare de son visage que j'encercle de mes mains, sa barbe douce picote mes paumes. Je me perds dans son regard vert et profond alors que j'embrasse et mords ses lèvres. J'étouffe presque tandis que mon pouls perd son rythme et que mon corps rentre en ébullition.

– Alex…, gémit-il sans achever la prononciation.

Ce sont ses yeux scellés aux miens que la jouissance le traverse, se répandant en lui, puissante et incandescente, dans un cri animal, son souffle se mélangeant au mien. Instantanément, l'orgasme se propage en moi, secouant violemment mon corps de ses assauts féroces et acharnés. L'extase soyeuse m'accueille et m'enlace de sa volupté. Je m'écroule sur lui alors que mes forces m'ont abandonnée. Mon cœur n'est plus qu'un battement sourd et léger tandis que je respire le parfum singulier de sa peau. Je ferme les yeux et cristallise l'instant en mémoire qui s'envole déjà sous le temps qui défile inlassablement. Ses bras m'enveloppent et me serrent fort. La pensée que toutes ces émotions disparaîtront bientôt avec lui, écorche mon cœur à vif. Je ne suis pas prête pour ça et n'aurai pas la force de l'affronter. Par quel moyen vais-je être capable de mettre un sens à mon existence après avoir exploré ces sommets ? J'ai déjà mal de ce vide qu'il laissera.

– Hé… chuchote-t-il à mon oreille caressant mes cheveux.

Cet homme me berce de sa tendresse et je grogne pour toute réponse. Je ne veux pas sortir de ses bras. Mais la réalité reprend ses droits et inévitablement, je m'arrache à lui, épongeant d'un mouchoir qu'il me tend, la semence de son passage. Je n'ose pas le regarder de crainte de me mettre à chialer lamentablement.

Il renfile convenablement son pantalon.

– Hé, ça va ? insiste-t-il.

– Ça va, je réponds enfilant mon slim tel un robot qui s'exécute dans un automatisme pré-imprimé.

Je serre la mâchoire, mon corps entier est douloureux, accablé par la souffrance qui me ronge et creuse sensiblement son territoire. En seulement quelques jours, je suis passée par la totalité du panel pourtant vaste des émotions que le corps humain est dans la capacité d'intégrer. Je dois me ressaisir, il nous reste encore du temps et je veux le vivre pleinement. J'étouffe dans cette voiture. J'ouvre la portière et sors. Le vent léger câline mes joues. J'inspire à pleins poumons, espérant que l'oxygène, dans son sillage, emportera la boule plantée dans ma gorge. La sérénité absolue de cette nature m'apaise et me revigore. J'entends sa porte claquer et il apparaît devant moi. La beauté envoûtante de ce mec me bouleverse dans un éternel recommencement alors qu'il balaye ses cheveux que le vent malmène et me sourit timidement. Je réalise combien je perds du temps à céder au chagrin, il pourra bientôt me posséder entièrement mais avant le bonheur m'attend. Il m'entoure de ses bras, silencieux. Je sais qu'il a compris mon soudain désarroi. Et il me berce comme on console un enfant, m'enveloppant d'un réconfort certain. Le monde s'est effacé autour de nous, seuls nous demeurons, nos cœurs cognant dans nos poitrines à l'unisson.

*

– Nous y serons bientôt, lance-t-il alors que nous avons repris la route.

Il frétille littéralement, heureux de me faire découvrir son Éden. Son regard s'est animé de joie et je le contemple, ravie de l'euphorie qui l'habite. La route s'est significativement rétrécie et dégradée sous notre avancée. Des nids-de-poule la déforment et des pierres tombées de la montagne s'y égarent dangereusement. Je tente de remettre de l'ordre dans ma chevelure ébouriffée face au miroir incrusté au pare-soleil. Mes joues sont rouges et saillantes comme toujours après l'amour. Mon mascara a légèrement bavé. Son père sera présent, il faut absolument que je retrouve une allure bien proprette. La chaussée bosselée secoue le 4x4, ce qui ne me facilite pas la tâche. Lui est toujours sublime même dans l'après-baise et n'a eu qu'à réajuster son bonnet. Nous grimpons une bute et arrivés à la pointe, j'aperçois subitement s'élever devant nous une étendue phénoménale de palmiers de grandeurs et de formes diverses et variées, flottant dans les airs. A l'orée coule la rivière qui a suivi, imperturbable, notre trajectoire. Le spectacle est grandiose. Cet espace verdoyant et paradisiaque s'érige magnifiquement dans ce cadre aride et poussiéreux. Un contraste des plus parfait tel une oasis dans son désert que je découvre, subjuguée. Je comprends à présent son enthousiasme et sa ferveur alors qu'il me surveille à l'affût de mes réactions. La chaussée a disparu sous nos roues, laissant place à un chemin caillouteux que nous suivons durant quelques mètres. Soudain, la BMW apparaît, garée et déserte, sur le bas-côté. Cette bagnole m'évoque tant de souvenirs et c'est à son bord que je suis arrivée jusqu'ici. Mon chaperon parque le 4x4 à côté et nous descendons du véhicule, pénétrant ce monde sauvage et luxuriant. L'air frais gifle mes joues et soulève mes cheveux. Le soleil pointe, coriace et déterminé alors que l'altitude déverse sa fraîcheur. Il attrape ma main et m'entraîne sur un sentier étroit que nous dévalons en trottinant.

– Alors, génial n'est-ce pas ?

J'acquiesce de la tête tout sourire.

– Grandiose !

On dirait un enfant, avide et insouciant fonçant vers l'aventure. Mon cœur palpite dans ma poitrine de le voir tant joyeux. Nous rejoignons son père, assis paisiblement sur un rocher, contemplant le paysage enchanteur qui s'affiche à lui.

– J'ai failli attendre, lance-t-il renfrogné.

Je grimace sous la gêne. Nos cochonneries nous ont mis en retard. Cependant, pour rien au monde je n'aurais fait l'impasse sur ce moment divin. Son père lève les yeux sur moi et je m'empourpre, coupable de mon effervescence. S'il n'avait pas compris la raison de notre arrivée tardive, à présent, elle se trouve clairement affichée sur ma figure. Son léger sourire en coin me laisse penser qu'il se joue de moi.

– N'est-ce pas magnifique ? m'interroge-t-il soudain aimable et détendu.

– Carrément, je réponds, toujours en adoration devant le site remarquable.

Les palmiers ondulent sous le vent et le bruissement de la rivière limpide résonne comme une mélodie harmonieuse. L'eau se fracasse sur les cailloux en de petits clapotis réguliers, donnant le tempo. Ce lieu aspire à la sérénité. Un véritable havre de paix abrité par les montagnes qui l'entourent tel un trésor dissimulé. Mon chaperon scrute ce décor, immobile et muet. Puis lance subitement :

– Je reviens.

Il détale la pente puis dans un élan, saute d'un bond agile le lit de la rivière et retombe avec souplesse sur la berge opposée. Je le suis du regard tandis qu'il s'enfonce au cœur de la forêt de palmiers. Son père sourit :

– Il connaît les lieux par cœur. Combien de parties de cache-cache avons-nous faites ici…

Il secoue lentement la tête, bercé par ses souvenirs nostalgiques. Il poursuit alors que je prends place sur le rocher non loin de lui :

– Nous venions souvent quand il était petit. Sa mère adorait le coin. On y passait des journées entières autour d'un bon pique-nique.

Sa voix est soudain frêle, teintée d'émotion.

Je réalise à présent le sens et l'importance du lieu. Cet endroit a abrité des instants de bonheur familial, complices et sereins. De revenir marcher sur ces pas doit certainement être salutaire mais douloureux. Je ressens soudainement une profonde compassion pour cet homme assis à mes côtés qui ressasse le souvenir de sa femme disparue. Mieux que quiconque, je sais combien il est compliqué de vivre avec l'absence de la personne qui composait son quotidien. Ses yeux brillent et ses traits, tirés par la peine. J'ai envie de poser ma main sur son bras afin de lui témoigner du soutien mais je m'en abstiens, notre proximité n'est que spatiale. Dépourvu de son masque d'austérité, c'est un bel homme avec un charme certain et une grande prestance. Derrière leur costume de bandits se cachent des individus lambda aussi humains que moi, portant leur propre histoire, ancrés dans une cellule familiale. Ce n'est aucunement ce qu'on imagine lorsqu'ils portent les armes, totalement déshumanisés et dénués de quelconques sentiments. Apparaissant comme des monstres qu'ils, finalement, ne sont pas.

– C'est son moment de recueillement, poursuit-il après ce bref silence. La sépulture de sa mère ne représente rien.

Il s'arrête dans un soupir.

Je cherche son fils mais il se trouve toujours parmi ses souvenirs.

– Pourquoi ? je questionne subitement, dans un élan effronté. Pourquoi avoir choisi cette façon de vivre marginale et flirtant avec le danger ?

Il me scrute, étonné, et durant quelques secondes je me reproche mon audace. Cette manière d'ouvrir la bouche sans réflexion préalable me joue bien des tours. Curieusement, il sourit sous mon culot et répond :

– Pourquoi on part sur cette voie plutôt qu'une autre meilleure ? C'est difficile à expliquer et sans doute propre à chacun. Les réponses sont inscrites dans l'histoire de chaque personne, inévitablement et ce qu'elles font de leur trajectoire est parfaitement en lien. Ce dont je suis persuadé, en revanche, c'est que le grand banditisme que je pratique n'a rien à voir avec la délinquance et la criminalité d'aujourd'hui. Dans ce milieu tel que je l'aborde et le conçois, nous avons des codes. Nous prenons là où se trouve l'argent. Nous entrons et sortons sans violence inutile.

– Il y a tout de même des victimes. Savez-vous ce que l'on ressent face à ça ?

– Nous ne pouvons pas maîtriser tous les dommages, c'est certain. Mais n'agressons jamais directement ces gens.

– Ce n'est pas ce que j'ai vu du vigile, je réponds du tac-au- tac.

– Son entraînement est censé lui permettre de gérer.

– Vous êtes armés. Un accident involontaire ou une riposte peut très vite arriver.

Il se tait et me dévisage. Suis-je allée trop loin ? Je suis simplement réaliste, il doit entendre cette vérité. Je viens de me transformer en défenseur des opprimés, téméraire et vaillante.

– Tous les chargeurs sont vides. À part le mien, lâche-t-il subitement d'une voix métallique. Toujours. Et je n'ai jamais tiré sur personne.

Son aveu me sidère.

– Pourquoi vous et pas les autres ?

J'insiste, trop curieuse sans doute. Je veux comprendre cet homme étrange.

– À mon âge, il n'est plus envisageable de finir en prison. Et quelqu'un m'attend là-haut.

Il lève les yeux au ciel et le scrute comme à la recherche d'une chose imperceptible mais de réellement présente. Ai-je bien compris son positionnement ? Il mettrait un terme à son existence plutôt qu'être arrêté, jugé et incarcéré. Convaincu qu'il rejoindra dans la mort, son amour éternel. Le père a une personnalité aussi fascinante que le fils. Bouleversants dans leur nature véritable et authentiques, mais colportant une image et une attitude en parfaite contradiction avec ce qu'ils sont. Je reste stupéfaite par cet échange avec cet homme. Comment peut-on être aussi réfléchi et emplit de sagesse et braquer l'arme au poing ses semblables ? L'âme humaine recèle bien des mystères qui demeureront à tout jamais inexpliqués. Puis soudain, je songe au gamin qui m'a braquée en toute conscience de l'inefficacité de son arme dans un mélange de soumission et domination. *Mais quel gros connard, celui-là !*

C'est définitivement sans aucun remords que je lui ai dégainé une gifle magistrale. Je me congratule presque de mon audace quand il me tire de mon élan élogieux :

– Je ne cherche aucune circonstance atténuante. J'ai tenté de répondre à vos questions le plus honnêtement possible.

Curieusement, j'ai l'impression d'entendre son fils. Son éducation est bien ancrée.

– On souhaite toujours le meilleur pour ceux que l'on aime, je rajoute, intrépide.

Il se renfrogne et me laisse penser que je l'ai vexé. Il se tait, cherche peut-être les bons mots ou me méprise intérieurement. Mais la seconde option n'est pas crédible car il me pourrirait ouvertement.

– Je l'ai protégé du mieux que j'ai pu, poursuit-il soudain. Je me suis rangé et investi sérieusement mon rôle de chef de famille. Je tenais entre mes mains tout ce à quoi un homme aspire. Mais tout s'est écroulé. Subitement.

Il marque une pause, les yeux rivés au sol.

– J'ai été incapable d'assumer et d'assurer. Et je l'ai vu partir en couille, impuissant.

Sa mâchoire se contracte et sa respiration s'affole. Je suis gênée et honteuse d'avoir autant insisté, ne sachant désespérément pas tenir ma langue. Il passe une main dans ses cheveux dans un mouvement que je connais bien.

– Je... je m'excuse, je murmure dans un élan de culpabilité.

Il rit d'un ton cynique. Une réaction qui lui ressemble.

– Vous vous excusez ? C'est le monde à l'envers ! Je vous ai braquée, prise en otage sans pitié ni remords. Vous n'avez pas à vous excuser ! s'exclame-t-il le regard dans le vide.

– Votre fils est conscient de votre rôle auprès de lui et vous en est profondément reconnaissant.

Il se tourne vers moi, étonné que son fils ait pu me confier leur histoire personnelle et ses sentiments intimes.

Progressivement le vent s'est accentué tandis que les feuilles des palmiers crissent dans un mouvement lancinant. Je fouille du regard l'orée de la forêt mais il n'est toujours pas de retour.

– Il a dû se rendre à la falaise. Nous y avons dispersé les cendres.

L'importance des lieux n'est pas seulement dans de souvenirs heureux mais aussi en quête de la présence de cette femme chère à leur cœur.

– À moi maintenant de poser les questions! balance-t-il satisfait.

Je ne peux que me soumettre à sa volonté et montrer la même franchise, posant moi aussi, une à une mes cartes sur la table tel un jeu de la vérité sans option joker. Je balaye mes cheveux nerveusement emportés par le vent et allume une cigarette puis lui tends mon paquet.

– Pourquoi vous intéresser à un mec comme lui, ne faisant définitivement pas partie de votre monde bien propret? questionne-t-il, recrachant une bouffée de fumée.

Je l'ai vu arriver grosse comme une maison cette question, évidente et je reconnais là encore le père protecteur. Je racle ma gorge et pars à la recherche de mes mots. Je n'ai pas droit à l'erreur, lui n'en a fait aucune. Avec ce genre d'homme le dialogue est cash, sans fards.

– Je ne peux pas l'expliquer réellement, ça s'est présenté à moi et je vis simplement ce que la vie a mis sur mon chemin. Vous n'êtes pas les monstres imaginés derrière vos cagoules. Je ne comprends ni vos choix, ni votre façon de concevoir la vie mais ceci n'est pas mon combat. Votre fils m'apporte et me donne beaucoup. C'est un homme bon et touchant. Au travers de lui, je me suis redécouverte moi-même.

Je baisse les yeux tandis que ma voix s'éraille contre ma volonté et qu'il me dévisage de son regard perçant.

– Nous partons samedi. Pour ne plus revenir, confirme-t-il, interdisant le moindre espoir.

– Je le sais parfaitement. Les conditions sont claires. Je n'attends rien de lui.

Je réponds en luttant contre l'enrouement de ma voix.

– Vous êtes une personne étonnante, Alexandrine. Je comprends pour quelles raisons mon fils tient autant à vous. Vous me rappelez mon épouse. Sincère et vraie.

Ses yeux se perdent dans l'horizon. Nos conversations franches et honnêtes nous ont indéniablement rapprochés, brisant la barrière de la suspicion et de la crainte. Nous avons un point commun et de taille : son fils. Et je prends le lien avec sa femme qu'il vient de souligner comme un compliment dissimulé. Pour couronner le tout, il vient de faire un aveu important : il voit et sait que son fils tient à moi. Mon cœur papillonne sous ces propos. J'aurai compté pour lui et resterai gravée en sa mémoire tel un souvenir indélébile niché au fond du cœur.

Le silence nous entoure, rien ne sera ajouté. Nous avons obtenu ce que nous attendions, des réponses claires. Je ne comprends pas ces hommes pour autant mais ce que nous aurons traversé ensemble nous lie définitivement. Suis-je monstrueuse de ressentir ce respect à leur égard ? Capable d'empathie alors que la civilisation en toute logique, les condamne et rejette. Subitement, mon chaperon apparaît au pied des palmiers. Il a entériné son départ imminent dans un adieu à sa maman. Je réalise combien il m'a manqué, le regardant s'avancer vers nous de sa démarche nonchalante. Mon cœur saute à pieds joints dans ma poitrine quand la réalité m'éclabousse la figure comme une évidence : cet homme que j'attends n'est plus dans ce statut de bourreau ni de chaperon. Il a pris une autre dimension : il est mon amoureux désormais. J'ai hâte de rentrer et de le retrouver, pendant que j'en ai encore le temps. Mon univers se construira bientôt sans lui et je veux puiser, auparavant, tout ce dont je serai privée.

*

Nous regagnons ma prison dorée, inlassablement bercés par cette voix enchanteresse et son apogée musical. Le ciel est complètement voilé, le soleil a disparu sous les nuages en rouleaux sombres alors que le vent s'est apaisé avec notre descente de la montagne.

– Je t'ai laissé longtemps. Je suis désolé.

– Pas grave, je réponds, couvrant de ma main la sienne qui se pose sur ma cuisse.

– Tu as discuté avec mon père ?

– Oui.

Je devine qu'il attend une suite qui ne viendra pas et il n'insiste pas.

– Tu veux qu'on aille à la plage ce soir ?

– Bonne idée, je rétorque dans un sourire.

Il attrape ma main et la porte à ses lèvres pour y déposer de doux baisers chastes.

– Tu m'as manqué, souffle-t-il en fixant la route.

Mon cœur cesse son battement constant sous cet aveu désarmant alors qu'un sourire stupide borde mes lèvres. Il est là, tout près de moi, pourtant la carence de ce mec a déjà pris position, fermement ancrée. Je la sens, tapie et vénéneuse, prête à bondir et me dévaster.

– Toi aussi… je réponds.

Nous n'irons pas plus loin. Cela donnerait d'autant plus de poids à cette relation, la validant alors qu'elle n'est pas destinée à durer. Pourtant, j'aimerais lui dire ce qui anime et emplit mon cœur mais je reste silencieuse, résignée. Nos doigts s'entrelacent comme pour demeurer scellés dans cet espace confiné. Je reconnais la rue et la voûte apparaît ou nous nous engouffrons. L'immense porte s'ouvre et nous rejoignons le garage. Son père n'est pas rentré, je l'ai vu bifurquer sur le trajet. L'horloge digitale du tableau de bord affiche 17 h 06. Encore une journée qui tend à s'achever progressivement.

– Merci, je dis, ravie de mon après-midi. Merci de m'avoir permis de découvrir cette merveille de la nature.

– Merci à toi d'être là, répond-il, embrassant le bout de mon nez.

Nous quittons le véhicule et prenons les escaliers. Quand la porte claque sur notre passage, il m'agrippe et me plaque soudainement au mur, prenant ma bouche dans un baiser ardent. Ses mains entourent mon visage, maintenant la puissance de sa langue avide caressant la mienne. Ses doigts s'enfoncent sur ma nuque alors qu'il se love contre moi. Je décèle, malgré l'épaisseur de nos vêtements, son membre pris par le désir naissant. Je gémis tandis qu'une déferlante de chaleur m'envahit et je me frotte impudique à lui, mes mains s'éternisant sur ses fesses fermes. Mon corps répond et imbibe son fluide dans le tissu de mon string. Je veux cet homme qui de ses baisers me berce d'une douce folie et déclenche en moi, un désir dominant auquel je m'abandonne offerte, à son contrôle. Ses mains trouvent le chemin de mes seins sous mon tee-shirt et il les tyrannise délicieusement alors que son sexe cherche le mien sous nos vêtements. Il mordille la peau de mon cou et son souffle précipité tinte à mon oreille tandis que je frissonne sous les caresses de sa barbe. Brusquement, le bruit du mécanisme de la porte s'enclenche, son père arrive et nous devons nous ressaisir. Il se détache de moi, me laissant pantelante. J'ai presque envie de glisser la main dans mon string afin d'atténuer l'embrasement qui a pris possession de mon entrecuisse. Il me dévisage avec toute la difficulté du monde d'abandonner ce moment et des étincelles joyeuses dansent dans ses yeux. Il est beau et incroyablement sexy avec son bonnet qui couvre ses cheveux ne laissant qu'apparaître de fines mèches qui effleurent sa peau et se mêlent à sa barbe. Son regard émeraude me pénètre tandis qu'il cherche encore son souffle. La porte de la voiture claque et les pas lourds de l'homme ricochent contre les murs du sous-sol. Attrapant ma main, il m'emporte dans l'escalier et son père nous emboîte rapidement le pas. Le black et le gamin négligemment avachis sur le divan face à l'écran, fument une cigarette et sirotent un verre. Le gosse lance un regard interrogateur constatant ma présence entre les deux hommes et personne ne semble y prêter attention.

Nous montons immédiatement dans la chambre, silencieux et empressés. La porte se ferme à peine derrière nous, qu'il me capture déjà et m'élève dans les airs alors que mes jambes emprisonnent fermement ses hanches, mes bras cramponnés à son cou. Il m'embrasse avec cette fougue qui le caractérise totalement quand nous sombrons, liés, sur le lit qui fléchit sous notre poids. Ses caresses brutales et impatientes parcourent mon corps et enflamment leur sillage. Ses doigts s'enlisent dans ma chair et je m'enivre de cette passion qui n'appartient qu'à lui tandis que mon corps tout entier le réclame et l'attend, suintant le désir brûlant. Il me retire mes boots et le reste de mes vêtements vient les rejoindre rapidement au sol. Je l'admire nue et frémissante, ôter son bonnet puis effeuiller son corps gracieusement, ses muscles saillants remuant subtilement sous ses mouvements. Et très vite, il se tient debout, devant moi, appuyé au lit, le sexe en érection, me contemplant telle une proie. Je l'espère éperdue, le souffle court tandis qu'il demeure immobile, prolongeant l'instant en une attente déchirante, quand sa main prend son sexe dressé et robuste. Ce geste impudique et indécent est terriblement excitant. Il se masturbe lentement, explorant mes courbes dans un regard concupiscent. Emportées par son élan charnel, mes mains rejoignent mes seins gonflés et tendus par l'envie de lui. Je les caresse languissante, joue, polissonne, avec mes tétons. Un rugissement sourd s'échappe de ses lèvres alors qu'il observe, captivé, mon aspiration soudaine et accélère progressivement la cadence de ses doigts qui enroulent son sexe. Mes mains prennent alors le chemin du sud, mes cuisses s'écartent instinctivement pour mieux les accueillir. De mes doigts, je taquine et tourmente mon clitoris enflé, tournoyant lentement dans un mouvement régulier. Cet instant, érotique et charnel, saisissant de son intensité, me submerge littéralement alors qu'une larme s'écrase sur l'édredon. Soudain, cédant à l'appel du désir, il se penche sur moi, embrasse mes lèvres fougueusement, caresse ma peau dans un gémissement prolongé et saccadé puis d'un coup, entre en moi alors que je l'accueille dans un cri étranglé, mes ongles perçant la chair de ses fesses. Une onde de chaleur m'envahit sous le passage de son sexe, parcourant, déterminé le territoire qui lui est dédié. Il me remplit, implacable, des assauts répétés de son bassin et m'emporte inexorablement vers la jouissance, avide de sa conquête vertigineuse. Je m'abandonne tandis qu'il me propulse sur les cimes de l'extase. Il me rejoint presque immédiatement, le visage enfoui dans mon cou, le corps secoué par les foudres divines et suprêmes de l'orgasme.

Je caresse doucement ses cheveux qui s'étalent sur ma poitrine. Il est encore niché en moi, immobile et essoufflé. Je voudrais rejoindre l'éternité ainsi, à cet instant même, afin de figer le temps qui s'échappe dans sa succession inépuisable. J'aime cet homme abandonné de tout son poids contre moi errant dans une semi-conscience. Cet amour coule dans mes veines et alimente les battements de mon cœur. Je ne bouge pas, laissant le temps s'écouler, impuissante à le combattre alors que je pleure sans un bruit, torturée par cette séparation qui arrive lentement sous son rythme imperturbable. Les mouvements de son torse sous sa respiration incorporent ma peau dans une parfaite complémentarité. Son odeur me berce dans ma tristesse.

Il soulève la tête, sortant de la torpeur.

– Hé…, murmure-t-il, remarquant mes yeux larmoyant.

Puis il me sourit tendrement en restant muet. Il se déracine doucement et me soulève du lit, me hissant en lévitation dans ses bras jusqu'à la salle de bains. Il me dépose délicatement et règle l'eau à bonne température. Mon reflet dans le miroir me renvoie la souffrance qui a rougi mes yeux. Mon mascara a coulé et s'est étalé sur mes joues roses. Mes cheveux sont ébouriffés dans une densité volumique épaisse. Mais je me trouve belle car il me rend belle à m'aimer si passionnément. Malgré la peine qui me saisit, cet homme a le pouvoir de m'épanouir telle la fleur déployant ses pétales au soleil ardent.

– Viens, chuchote-t-il, me guidant sous le jet d'eau chaude.

Il se place derrière moi et m'enveloppe de ses bras, me berçant ainsi d'une tendresse inouïe. La chaleur m'envahit alors qu'il me savonne, dénouant progressivement mon corps crispé. Je pleure en silence tandis qu'il récure cette émotion qui me torture tel un rituel guérisseur. C'est sans fard que je m'abandonne à lui, noyée dans mon chagrin qu'il tente de gommer inlassablement. Je ne le vois pas, ne devine pas ce qu'il ressent mais il me porte et m'accompagne vers l'apaisement. Sa présence et sa bienveillance me réconfortent, telle une bouée lancée au naufragé et me ramènent lentement vers le calme et le soulagement. Cet homme est magnifique de bonté, une fois encore il pénètre mon cœur ému par ses qualités humaines. Le temps a cessé d'exister, emportant sur son déclin le monde qui nous entoure. Seuls nous perdurons, dans cette éternité absolue, enveloppés par les flots chauds.

*

Un appétissant fumet traverse la chambre quand il passe la porte. Je suis habillée et pomponnée, étendue sur le lit alors qu'il descend chercher le dîner. Il revient presque aussitôt, son père nous convie à sa table. Ça devient un rituel. Je ne suis plus angoissée à l'idée de l'affronter et c'est dans un réel plaisir que je descends en cuisine. Je suis surprise d'y trouver le black et le gamin perchés sur un tabouret, attendant leur pitance tandis que le père de mon amoureux trône fièrement en chef cuisinier de l'autre côté de l'îlot.

– Bonsoir, lance le black à mon intention.

Je lève timidement les yeux vers lui et réponds de la même façon. Puis, il met un coup de coude au gamin d'à côté qui décolle du tabouret et manque de tomber.

– Bonsoir, bafouille-t-il, cramponné à la table.

– Bonsoir, je réponds, ricanant de la situation comique.

Après avoir montré patte blanche et prouvé ma bonne foi, j'ai été affranchie et peux intégrer le clan. Je me place en bout de table à la gauche de mon amoureux. Une odeur alléchante habite la pièce et ouvre réellement l'appétit.

– Toujours de l'eau ? demande son père avant de me servir.

– Oui, s'il vous plaît, je réponds poliment.

Puis, il fait le tour de la table avec une bouteille de vin rouge. Même le gosse a droit à sa rasade, qu'il goûte du bout des lèvres.

– Parmentier de courgettes et cabillaud, crevettes provençales, pizza au chorizo, lance le cuisinier, heureux de ses performances culinaires.

J'opte pour les crevettes et c'est avec une véritable appétence que je contemple mon assiette débordante. Les hommes quant à eux se laissent tenter par les trois plats et une énorme quantité de nourriture recouvre chaque auge. Mon regard se perd sur eux ; le gamin se goinfre littéralement alors que les autres savourent lentement leur mets fumant. Je dîne avec mes bourreaux autour d'une table conviviale. Incroyable tout de même. Jamais je n'aurais pu l'imaginer il y a encore quelques jours. La vie réserve et disperse bien des surprises parfois. Mon amoureux me surveille de son regard protecteur tandis que je déguste les crevettes finement épicées. Soudain, je songe à mes proches, leur angoisse a dû encore s'accroître sous les jours successifs sans aucune trace de moi. Même si je renie la fatalité, mon retour leur permettra d'être délivrés de cette souffrance. Ma mâchoire se crispe à cette pensée et je la chasse rapidement de mon esprit. La journée a été des plus agréables et je veux plus que tout jouir des derniers instants auprès d'eux. Tous les éléments sont contre nous mais en cet instant, ça m'est bien égal, mon cœur me dicte autre chose, aussi fou que cela puisse paraître. Quand le cœur parle, la raison n'a plus lieu d'être et c'est fermement cramponnée à mes sentiments que je vis ma destinée auprès de cet homme, dont j'ignore jusqu'à l'identité, consciente qu'au bout du chemin, la réalité m'attend dans toute son exigence, reprendra obstinément ses droits, féroce et douloureuse.

– Hé…, susurre mon amoureux, m'extirpant de mes pensées. Ça va ?

Comment pourrais-je ne pas aller bien devant ces grands yeux verts qui me transpercent et tentent de pénétrer ma conscience ? Ses cheveux mi-longs dégringolent autour de son visage et certaines mèches, rebelles, se tortillent à l'anglaise. Ses lèvres ourlées et colorées percent sa barbe courte. Sa beauté intérieure explose à l'extérieur dans une magnificence époustouflante.

– Oui, je vais bien, je réponds la voix trouble.

Il me dévisage, loin dans ses pensées que j'aimerais déchiffrer. Mais au fond, je connais ce regard. L'amour danse dans ses yeux, désarmant de sincérité. Je voudrais l'embrasser là, maintenant, mais la pudeur me l'interdit tandis que nos doigts se mêlent secrètement sous la table.

Le repas est animé. Le black ricane à gorge déployée de l'humour grinçant du père de mon amoureux. Le gamin en prend pour son grade et tantôt il rit, tantôt il boude. Sa présence auprès de ces hommes d'âge mûr est étonnante. Ce jeune paraît si frêle et chétif que je me demande de quelle manière il résiste dans ce milieu où il évolue. Ses yeux bleus et creusés portent la souffrance d'un gamin malheureux. J'ai parfois envie de le bercer de tendresse comme je câline mon fils. A-t-il seulement déjà reçu une quelconque marque d'affection ? Son chemin a très certainement dû être chaotique pour arriver si jeune dans le banditisme. Ce gosse est le contraste absolu du black, assis à côté, robuste et carré. Un calme olympien et une force sereine émanent de lui. Ces hommes paraissent tellement différents mais semblent se compléter pleinement. J'apprends au cours des conversations que le black et le père de mon amoureux boxaient et que ce dernier, en retraite, entraînait les nouvelles recrues. Il me semblait reconnaître une carrure capable d'amortir les coups. Jamais le moindre prénom ou surnom ne fuse malencontreusement, même le gamin s'y tient, ancré dans ce monde parallèle où aucune identité n'est jamais déclinée. Nous terminons ce repas sur un Tiramisu excellent. Si bon que je prends du rab alors qu'ils déblatèrent sur les derniers bolides en vogue actuellement. Une conversation purement masculine qui ne m'intéresse pas. Mais en les épiant, je réalise que je me suis attachée, d'une certaine façon, à chacun d'entre eux et voilà maintenant plusieurs jours que je vis en autarcie avec pour seule compagnie, leur présence. J'ai infiltré leur univers et découvert leurs codes. Je me surprends à espérer que chacun trouvera le meilleur là où ils se trouveront bientôt.

*

Je me brosse les dents rapidement, vérifie mon maquillage et remets quelques mèches à leur place alors que mon amoureux m'attend en bas. Quand je descends, ils sont sur le divan, appréciant un verre, la télé en fond sonore tandis qu'ils discutent poker. Mon amoureux me sourit joliment. Il se lève et récupère les clés accrochées à l'entrée.

– Je peux bouger avec toi? tente le gosse. J'en peux plus d'être enfermé!

– Hors de question, répond le père de mon amoureux sur un ton autoritaire. T'es capable de faire une connerie.

Le gamin fait la moue mais ne biffe pas. Le chef a parlé et c'est parole d'évangile. Son autorité n'est jamais remise en question. Les mains enserrées, nous rejoignons le sous-sol. À bord du 4x4, nous prenons la direction de la plage, enjôlés par cette voix touchante et ces accords harmonieux. La nuit est tombée, il est 20 h 42. L'air est presque tiède et le ciel dégagé laisse apparaître sur sa toile opaque une multitude d'étoiles scintillantes. Où que nous soyons, nous admirons ces mêmes lumières éternelles bordant le ciel de leur éclat. Il parque le véhicule et enfile son bonnet.

Saisissant ma main, nous gagnons la plage, veillant scrupuleusement à échapper aux regards des riverains. Les rues sont animées et l'ambiance festive. De la musique rythmée se dégage des terrasses peuplées, agrémentées de guirlandes multicolores qui clignotent. Les pieds enfoncés dans le sable, je contemple la splendeur qui s'étend devant moi, qui rejoindra bientôt mes souvenirs, tandis qu'il m'enroule de ses bras. Les étoiles brillent de tout leur éclat tel des diamants purs parsemés autour de la lune, pleine, qui jette sur la mer ondulante, ses reflets argentés.

– Lorsque je regarderai le ciel, je te verrai parmi les étoiles, chuchote-t-il à mon oreille.

Ces paroles aussi douces que le miel étreignent mon cœur, je niche mon visage dans le creux de son cou, respirant son odeur. Cet arôme subtil m'est devenu essentiel et en cet instant même, l'éternité n'aurait qu'à tendre les bras, je m'y abandonnerais, offerte. La bise marine au parfum iodé anime les flammes du feu de camp qu'une bande de jeunes a encore allumé. De fins filaments incandescents s'enfuient et montent vers le ciel tandis que d'autres sautillent sur le sol.

– Viens, lance-t-il, me traînant par la main.

Comme le soir précédent, nous prenons place sur le sable, je suis nichée dans ses bras tel un écrin protecteur, bercée par le flux incessant des vagues s'échouant sur la plage dans un crépitement sourd. Le gosse n'aura pas eu l'occasion de découvrir les plages Espagnoles, je songe, quand une question me vient à l'esprit.

– Pourquoi ce jeune est avec vous ? je demande alors qu'il allume une cigarette.

– Mère alcoolo, père camé, soupire-t-il. Je l'ai sorti d'une sale histoire et il est resté collé à mes basques. Il n'est pas méchant, juste un peu con. Il est jeune.

Il recrache une bouffée et me tend sa cigarette que j'accepte. Je tire quelques taffes et la lui rends.

– J'espère qu'il fera bon usage de son fric, poursuit-il. Et que cela lui permettra de prendre un autre départ.

– Il reste avec toi ?

– Oui. Il part avec nous. Sa jeunesse le rend vulnérable et dangereux pour lui-même.

Il veille sur ce gosse tel un grand frère protecteur et curieusement, je n'en suis pas étonnée. Un rôle très honorable qui correspond à ce qu'il est.

J'aurais aimé rencontrer ces hommes en d'autres circonstances et de meilleurs auspices, forts de leurs richesses intérieures, ils ont beaucoup à apporter. Mais au fond, peut-être est-ce ce côtoiement avec cet univers empreint de violence et qu'ils condamnent, attachés à leurs valeurs, évoluant entre deux mondes parallèles, qui accroît leurs qualités humaines, dissimulées derrière leurs cagoules.

– Et le black ? j'insiste dans ma curiosité.

– Nous partons tous ensemble, répond-il alors qu'il sourit du surnom approprié. C'est un ami cher à mon père.

Je ne questionnerai pas d'avantage. Me protégeant ainsi et les protégeant aussi des informations obtenues et potentiellement divulguées aux services de police. Si je ne sais pas, je ne peux ni mentir ni révéler. En conclusion, c'est mieux pour tous. Bien que je n'approuve pas et condamne leurs actes, ce n'est pas mon combat, cela appartenant à la loi et ses représentants.

Nous restons un long moment ainsi, portés par la sérénité de cette plage qui abrite et dissimule de sa pénombre, notre relation immorale pourtant bien réelle et profondément sincère. Dans ses bras, plus rien n'a d'importance, l'essentiel est là et m'enveloppe de sa douceur. Je ne sais pas où cet endroit se situe sur cette terre mais ça m'est bien égal, je suis dans ce monde parallèle où la seule dimension est sa présence à mes côtés. Il nous reste peu de temps, ensuite il partira loin. Trop loin. Et je reprendrai là où je l'ai abandonné, le cours paisible de mon existence. Tous ces instants ne seront que souvenirs, demeurant profondément ancrés en moi telle une trace de leur passage dans ma vie, indélébiles. Quel chemin parcouru en si peu de temps. Cette histoire, notre histoire, telle que nous l'avons écrite, est réellement surréaliste mais d'une beauté absolue. L'amour a triomphé, fort de sa grandeur et de sa puissance dans son règne souverain.

La bande danse et chante au rythme de la musique que crachent les enceintes des terrasses, autour des flammes ondulantes, dessinant leurs silhouettes comme des ombres chinoises sur le sable. Ils rient, chahutent et se chamaillent mais comme nous prennent, impétueux, chaque seconde qui s'écoule avant que la suivante arrive.

– Tu veux rentrer ? demande-t-il.

– Oui, je réponds. Mais laisse-moi quelques instants.

Inspectant cette plage, je grave en ma mémoire le moindre détail, je veux pouvoir revenir ici, dans mes souvenirs. Je me lève et souffle un adieu silencieux. Mes pas s'enfoncent dans le sable fin. Je ne me retourne pas, elle est déjà là, cristallisée et authentique, en moi et je l'emporte un peu plus alors que j'avance à la voiture.

*

Nous trouvons, son père et le black, fumant une cigarette à déguster un verre de vin, dans la cuisine. Le gamin quant à lui, somnole devant l'écran. Il redresse la tête à notre entrée et retourne aussitôt à ce demi-sommeil. La télé transmet ses images successives dans une sonorité étrangement basse. Il sera plein d'énergie, profondément reposé, arrivé dans son pays d'exil.

– La soirée a été bonne ? questionne son père, crachant la fumée dans un petit nuage rond.

– Oui, bien. Nous étions à la plage, répond son fils.

L'homme me propose gentiment les restes du tiramisu et je décline l'offre poliment, largement rassasiée du dîner. Je fume ma dernière cigarette de la journée en scrutant l'heure affichée sur le four : 23 h 08. Je grimace, amère, en songeant que cette journée s'achève presque tandis que la dernière se profile et croise le regard de son père qui m'épie alors que les autres discutent. Il me sourit brièvement et curieusement je pense lire sur ses lèvres, de la compassion. Il ne fera aucun commentaire, de toute façon inutile. Cette fatalité est indéniable, nous en sommes tous conscients.

Après avoir salué les deux hommes, nous gagnons l'étage. Nous nous brossons les dents en riant devant le miroir alors que l'ordinaire a pris le pas sur l'absurde. Je le contemple dans cet instant gai et insouciant et une nuée de papillons envahit mon bas-ventre, me caressant légèrement sous les battements de leurs ailes. C'est nue que je me glisse sous l'édredon, mes vêtements gisant au sol. Je l'attends, impatiente, tandis qu'il tarde dans la pièce attenante et que la fraîcheur des draps agresse ma peau. Doucement, mes mains explorent mon corps, atténuant la douce torture qu'est l'attente. Je taquine mes tétons qui réagissent déjà et pointent joliment. J'ai soudain plus chaud quand ma main descend vers le sud et soulève l'édredon exposant délibérément mon corps frissonnant. Mes doigts, agiles, emprisonnent mon clitoris et massent délicieusement cette partie sensible. Mon corps remue, languissant sous cette concupiscente distraction alors que j'imagine, les yeux clos, que sa bouche m'étreint et absorbe mon plaisir. Lorsque j'entrouvre les yeux, il m'apparaît, debout à côté du lit, nu et le regard teinté par l'envie, honorant son sexe dressé et volumineux dans un mouvement lancinant. Cette musculature parfaite m'est destinée et n'attend que moi. Je me redresse, affichant volontairement mes courbes, le rejoins lentement tandis qu'il me présente son membre fermement tenu dans sa main. Je l'accueille de pleine bouche, avide et gourmande tandis que je caresse du bout des ongles ses testicules épilés. Je flatte son gland, tournoyant ma langue sur son pourtour. Mes lèvres glissent dans un rythme implacable sur la longueur de sa verge offerte. Il gémit, la tête basculée en arrière alors qu'une mèche capricieuse traverse son visage, s'abandonnant entièrement à l'exigence de ma bouche.

– Arrête, souffle-t-il soudain, desserrant mon étreinte autour de son sexe. Tu vas me faire jouir…

Sa voix est étranglée et son souffle affolé quand il caresse de son index mes lèvres luisantes. Dans son regard brille le désir. Je tourne sur moi-même et présente généreusement mon cul dans une courbe vertigineuse telle une actrice de cinéma pornographique.

– Putain, siffle-t-il entre les dents. Tu me rends fou…

Il aguiche ma fente humide de son gland, glisse lentement mais n'entre pas alors que tout mon être le réclame et que la privation me torture, mordante et acérée.

– Prends-moi…

J'implore la damnation divine mais il perdure dans ce jeu diabolique. Il lubrifie de mon miel mon anus et y plonge doucement un doigt, prenant progressivement possession du territoire. Ma respiration se cale à ses mouvements alors que mon cœur tambourine dans ma poitrine. Mes bras tremblent, me maintiennent difficilement et menacent de lâcher quand il m'emplit subitement, le doigt toujours absorbé par l'obscurité. Un râle abyssal s'échappe de ma bouche. Mon cœur explose et ricoche dans ma cage thoracique. Mon souffle n'est plus, sous les assauts de ses hanches, puissants et démoniaques, me transportant dans une dimension charnelle empreinte de volupté. Je geins et miaule, luttant contre l'orgasme qui se profile, sa chaleur abondante me traversant inexorablement. Ma volonté m'abandonne et mon corps abdique sous cette redoutable domination. J'atteins les sommets de mon Everest, suprême et vertigineux, tandis qu'il jouit, déversant l'élixir de son plaisir en moi.

Il me soutient de ses bras forts, tant mes forces ont disparu. Mon cœur cogne ma poitrine et menace d'en sortir. Cet homme a le pouvoir démesuré de me hisser vers les cieux. Je cherche mon souffle alors que mon corps transpire le désir qui m'a consumé. Ses cheveux lèchent mon dos et sa peau brûle la mienne. J'implore, silencieuse, l'éternité de venir me chercher, là, maintenant, cristallisée dans l'instant.

Ma tête repose sur son torse et j'écoute les battements de son cœur. Blottie contre lui, il caresse tendrement mes cheveux. Pleinement assouvie, je me laisse bercer par ce moment, abandonnée totalement à cet homme. En quelques journées seulement, j'aurai presque rattrapé ces longues années d'abstinence et mon vibromasseur ne sera définitivement plus à la hauteur. Mais je refuse de penser à demain, le poids en sera bien assez lourd. Je veux juste prendre ce bonheur qui m'emplit et fait battre généreusement mon cœur. Il se tient là, contre moi, je respire son doux parfum et c'est pour moi, l'absolu. C'est dans cette plénitude soyeuse que je m'endors portée par les tapotements réguliers de son cœur.

Jour 4, vendredi

Ce sont ses doigts courant sur moi qui me ramènent en surface. Encore nus de nos ébats fiévreux de la nuit. Je m'éveille lentement sous ses caresses divines et sensuelles.

– Bonjour, chuchote-t-il à mon oreille.

Niché dans mon dos, je sens contre mes fesses son sexe bandant. *Arf!* Je suis ivre de ces réveils charnels. La lumière du jour s'invite dans la chambre, perçant les volets entrebâillés et ricochant sur le parquet. La maison est calme, pas le moindre bruit perceptible si ce ne sont les battements de mon cœur qui s'affolent sous ses mains qui continuent inlassablement leur parcours impudique. Il enserre délicatement un sein, le prenant en coupe et effleurant mon mamelon. Instinctivement, je me cambre pour mieux recevoir ses faveurs, ce qui plaque avantageusement mes fesses contre son membre frémissant. Sa barbe griffe délicatement mon cou tandis qu'il embrasse mon épaule. Mon corps encore ensommeillé réagit progressivement, frissonnant en une farandole langoureuse qui lèche ma peau. Je couine mollement quand il arrive au sud et écarte légèrement les cuisses, ouvrant ainsi le passage. Ses doigts mixent lentement mon clitoris alors que mon corps déverse son jus sirupeux. Puis, il s'insinue en moi dans une langueur fiévreuse et réitère à chaque mouvement de reins, son chemin. J'absorbe son sexe alors qu'il me guide insensiblement vers l'extase. Combien de temps nos corps ont tenu la cadence ? Je ne saurais le dire car il nous a abandonnés, figés dans cette osmose luisante et c'est le corps épuisé que je l'ai rejoint dans l'assouvissement divin, flottant au cœur de la suprématie de l'amour.

*

Il me tend un mouchoir alors qu'il se retire de moi. Il file à poil dans la salle de bains et en sort vêtu d'un tee-shirt en d'un short noir. Il porte cette couleur à ravir, accentuant son regard émeraude.

– Je descends chercher le p'tit déj', lance-t-il en bisouillant le bout de mon nez.

Je mate son cul qui se balance divinement dans son short.

Putain, ce cul!

L'arôme du café traverse la chambre depuis la porte entrouverte et des voix s'élèvent du bas. Ma curiosité se positionne instantanément en alerte. Je chope mes vêtements et me dissimule derrière la porte, l'oreille tendue :

– Va falloir ne rien laisser.

Je reconnais la voix grave et imposante de son père.

Bercée par la volupté et le ravissement, je réalise soudain que nous sommes vendredi. Le poids de la fatalité tombe subitement et lourdement sur mes épaules. La boule qui m'avait abandonnée pour une courte trêve réapparaît immédiatement faisant le yo-yo jusqu'à mon estomac. Cette journée est la dernière que nous allons partager. Elle est arrivée, sinueuse et machiavélique et m'inonde de sa perfidie. Je ne veux pas en entendre davantage et claque la porte. Je réfute mes pensées sinistres et douloureuses, les sentiments qui s'emparent de moi ne doivent en rien gâcher cette journée. Pas question. J'inspire et expire profondément pour me calmer, faisant les cent pas dans la pièce. Je lutte contre moi-même en récitant tel un mantra ces résolutions auxquelles je dois impérativement me tenir. Il doit partir serein sans endosser mes chouineries pathétiques et habituelles.

D'ordinaire, je ne suis pas pleureuse, je garde et conserve plus que j'exprime et lâche, mais ces derniers jours je n'ai que de trop ouvert les vannes, perturbée et déconcertée par tout ce qu'il m'arrive. Cet homme a bouleversé mon existence, dans chaque sens du terme, déclenchant sur son chemin une multitude d'émotions. Je tape frénétiquement sur mes cuisses nues afin d'ordonner à ma cervelle de se focaliser sur la douleur plutôt que de continuer à déverser ces pensées sombres. Mais la diversion n'est ni efficace, ni salutaire. Mes jambes sont écarlates et la réalité toute aussi présente.

Ses pas dans l'escalier me sortent de cette angoisse, je cours jusqu'au lit et m'y assois sagement en tailleur. Je tapote mes joues pour vivifier mon teint sans doute blafard et j'inscris un large sourire sur mes lèvres. Trop grand sûrement et dépourvu de naturel. Il entre, un plateau dans les mains, souriant timidement. Il contient deux bols encore fumants, deux verres de jus de fruits, des toasts grillés, des mini-portions de beurre et deux kiwis. Ce petit-déjeuner a l'arôme de la perfection tout comme mon prince si charmant. En le regardant, la réalité me revient de plein fouet, sautant à pieds joints sur ma figure.

Mon dieu, comment vais-je pouvoir continuer sans lui... ? Mes yeux s'embuent et je ne peux rien maîtriser. J'ai lutté pour rester digne et forte mais le chagrin est trop dense et je m'incline devant sa puissance. Je baisse les yeux, tentant ainsi de dissimuler ma peine alors que mes ongles percent mes cuisses.

– Hé..., chuchote-t-il tout bas.

Il dépose le plateau sur le chevet et me rejoint sur le lit. Le matelas cède sous son poids et il me fait basculer vers lui tandis que ses bras m'enveloppent de leur infinie douceur. J'agrippe son cou et le serre de toutes mes forces tel le naufragé s'accrochant désespérément à sa bouée. Je ferme les yeux alors qu'une larme déborde et roule sur ma joue. Sa main maintient ma tête et son bras s'enroule autour de ma taille. Il m'étreint fortement m'écrasant à lui.

– Je sais…, murmure-t-il d'une voix feutrée. Je sais, répète-t-il, la voix maintenant étranglée.

– J'ai peur… J'ai si peur de tout ce vide que tu laisseras.

Je parviens à peine à prononcer ces mots tant ma gorge est enserrée dans un étau impitoyable.

– J'ai peur aussi… Mon dieu, si peur… Je n'ai rien à t'offrir Alexandrine. Qu'une vie de cavale que tu ne mérites pas.

Cet homme m'a donné ce qu'il y a de plus beau sur cette terre : l'amour. Des jours magnifiques bordés de tendresse. Et il n'en a aucunement conscience. Il a ravivé la flamme, dansant parmi le désir, l'extase, le bonheur et l'espoir. Je ne l'en remercierai jamais assez. Me perdant dans ses bras et les émotions, je m'y suis retrouvée et mon âme brille de nouveau grâce à lui. Je sais que cette vie qui l'attend et l'appelle n'est pas pour moi et j'ai clairement mémorisé les propos de son père : « Les sentiments et le milieu ne sont pas compatibles. Il n'y a aucune place pour une femme. C'est un point faible. »

Je ne veux pas être ce point faible qui le rendra vulnérable. Et j'espère qu'un jour il changera radicalement de mode de vie. Qu'il puisse à nouveau croire en son avenir et aux jours meilleurs qui s'annoncent. J'ai un univers que j'ai progressivement construit, un enfant, une famille et des amis auxquels je tiens éperdument et que je ne peux abandonner. Ma raison renaît de ses cendres, fugace et accablante, inflexible et acharnée tandis que ma culpabilité reste profondément enterrée.

– Je sais, je réponds résignée et amère.

Nos lèvres se trouvent dans un baiser passionné. Alors que je pleure mon chagrin, mes yeux se noient dans les siens embrumés et rougis. Nos corps s'unissent et ondulent, puisant, insatiables, l'essence de l'autre. Nous nous aimons longuement, éperdument pendant que le petit-déjeuner refroidit et que l'écho de notre orgasme résonne lourdement contre les murs de la chambre.

*

Mon chocolat est juste tiède mais je m'en moque. L'important n'est pas là et le désir ne pouvait pas attendre. Je grignote à peine un toast beurré que je mâchouille interminablement car j'ai du mal à déglutir. Les effets secondaires émergent, je les attendais. Il ne mange que très peu aussi, ce déjeuner n'a plus la même saveur. Nous filons nous doucher et nous enlaçons sous l'eau bouillante. Ce besoin irrépressible de se toucher nous rassure, glanant toujours plus de l'autre. La vapeur a envahi la salle de bains et se faufile dans la chambre tant nous avons traîné, insatiables de cette proximité charnelle. Je renfile mes vêtements car nous ne sortirons pas aujourd'hui mais me maquille, je veux qu'il se rappelle de moi, belle et désirable, même si je brille de toutes les manières qui soient, dans son regard. J'accroche mes pendants étincelant comme mille diamants, à mes oreilles. Je les porte fièrement tel un symbole éternel. J'entends ses pas dans le couloir tandis que je quitte la salle de bains et découvre des valises alignées et ouvertes couchées au sol.

– Assieds-toi, s'il te plaît. J'ai besoin de te parler.

Le ton est solennel et je ne peux m'empêcher de grimacer. Il range impeccablement son linge dans les contenants alors qu'il énumère religieusement l'organisation de mon départ et dicte les recommandations. Je l'écoute scrupuleusement, assise en tailleur sur le lit, triturant nerveusement mes doigts.

– C'est un ami de mon père qui viendra te chercher dans la matinée. Tu peux lui faire entièrement confiance. Il te conduira en France, près de la frontière et te déposera devant un commissariat. Tu n'auras qu'à décliner ton identité, tu es recherchée et ils sauront qui tu es. De là, la machine sera lancée et tu seras interrogée longuement.

Sa gestuelle est brusque et rapide tandis qu'il empile ses vêtements dans les valises. Son corps se mouvant nerveusement entre ces dernières et l'armoire qui bientôt ne sera remplie que de vide. Il ne m'adresse pas un regard, continuant frénétiquement ses mouvements.

– Ne cherche pas à nous couvrir ni à mentir. Ne culpabilise de rien, nous serons loin. Protège-toi toujours et quoi qu'il arrive.

Ses propos cessent dans un soupir. La tête baissée, il reste figé devant le placard. Sa souffrance, imperceptible est presque palpable et la pièce baigne dans une atmosphère sinistre. Mais je suis incapable de la moindre réaction, accablée par la mienne. Ses poings se serrent au bout de ses bras, tombant le long de sa silhouette majestueuse alors qu'il reprend :

– Tu ne dois rien emporter de ce que je t'ai acheté, Tu seras scrupuleusement fouillée et les bandes-vidéo ont été minutieusement analysées. Tu pars comme tu es arrivée. Et dis à ce Franck…

Sa voix, métallique s'interrompt quelques secondes.

– Qu'il prenne soin de toi ou je reviendrai lui casser la gueule.

La boule dans ma gorge m'étouffe presque, épaisse et gluante, je trouve à peine mon souffle pour lui répondre :

– Alors je lui demanderai de se conduire comme un enculé…

C'est sorti tout seul, brut et abrupt et je devine qu'il sourit de ma vulgarité. Il prend une grande inspiration, desserre les poings et fouille la première étagère du haut de l'armoire. Il en sort, derrière le linge restant, un pochon de tissu blanc. Il me rejoint sur le lit et mon cœur se fend quand je découvre ses yeux verts, larmoyants. Une larme épaisse coule et se perd dans sa barbe. Cet homme, si fort, viril et protecteur pleure en silence écrasé par le chagrin. Cette vision me bouleverse. Je le berce tendrement enveloppé dans mes bras comme on console un enfant triste. Je voudrais dérober cette douleur qu'il porte en lui et la soutenir pour lui. Cet homme bon et généreux ne mérite pas de souffrir. Il sort de mes bras, déposant un doux baiser sur le bout de mon nez humecté par les larmes.

– Tiens. C'est pour toi. Tu pourras l'emporter.

Il me tend le pochon blanc fermé par une cordelette argentée assortie au logo Guess imprimé.

– Oh!

Cette attention me touche et me chamboule. Elle me rappelle les petits cadeaux de Franck, toujours joliment emballés. Je dénoue le cordon et en sors un magnifique bracelet paré d'innombrables breloques étincelantes qui gigotent dans les airs. Il les désigne une à une en énumérant le sens de chacune:

– Le G de Guess.

Un G majuscule bordé de strass argentés et parfaitement coordonnés à ceux qui pendouillent à mes oreilles.

– Parce que c'est par lui que tout a commencé, nous amenant jusqu'à l'instant présent.

Il balaie d'un revers de la main, les larmes qui dégoulinent sur son visage.

– Une clé. Parce que tu as trouvé la clé, as ouvert les portes et m'as emmené dans un univers que je ne connaissais pas.

Je l'écoute, émerveillée, tandis qu'il continue son explication.

– Un cadenas. Parce que tout est irrémédiablement scellé. Un cœur. Parce que mon cœur t'appartient.

Je ris et pleure en même temps, buvant ses paroles mélodieuses.

– Et j'ai fait rajouter le symbole de l'infini.

Cette arabesque gracieuse en forme de huit, étincelle de mille éclats.

– Parce que tu seras toujours là.

Il prend ma main et la pose sur sa poitrine à hauteur de son cœur qui cogne dans ma paume. Cette sensibilité me submerge. J'ouvre les vannes en grand et pleure à gros sanglots. Cet instant est juste magique et désarmant. C'est sans fard que je livre ma tristesse de le quitter et mon bonheur d'être tant aimée. Il referme le bracelet sur mon poignet, tient mon visage dans ses mains et embrasse mes lèvres. Il me fera l'amour dans une tendresse infinie. Emportés par son sexe qui nous lie, nos corps ne formeront qu'un seul et unique ensemble et nous survolerons les hauteurs soyeuses du plaisir charnel.

*

Je regarde fièrement ce bijou accroché à mon bras. Il m'est déjà précieux. Il symbolise tant et représente tout notre amour. Sa douce et lente énumération s'est parfaitement emboîtée dans un sens logique et approprié. Ce mec est le romantisme et la sensibilité incarnés. Il est là, niché dans mon dos, m'entourant de ses bras forts. Je l'aime. Je l'aime éperdument et incontestablement. Cet amour vit en moi, dense et intemporel. En seulement quelques jours, cet homme a pris possession de mon cœur et de chacun de mes désirs. Il est ce que je veux, plus que tout au monde. Mais nous devons nous quitter car cet amour dans les conditions où il est né, est cruellement impossible. C'est riche de sa beauté d'âme que je partirais car il fait partie de ces personnes au pouvoir inné de vous modeler du meilleur. Humble et en ce qui le concerne, caché derrière de faux-semblants. J'attrape sa main qui caresse ma peau et la porte à mon cœur.

– Tu sens comme il bat fort pour toi ? je chuchote.

– Oui, je le sens, Alexandrine.

Il souffle mon prénom dans un tintement léger. Je ne connais et ne demanderai toujours pas le sien car qu'importe, l'être qui s'est dévoilé à moi est suffisamment resplendissant, même sans fioritures. Nous persistons ainsi un long moment, sa peau brûlante contre la mienne, bercés par l'éternité qui a cédé, désarmée devant cet amour rayonnant.

Quelqu'un toque à la porte et fend le silence de la pièce :

– Vous venez manger ?

C'est son père.

Il souhaite certainement nous avoir tous à sa table pour cette dernière fois.

– Nous arrivons, répond mon amoureux. Ça ne te dérange pas ?

La nuit est tombée, insensiblement, emportant avec elle cette journée qui s'achèvera bientôt. Je n'ai pas faim et ne pense pas être dans la capacité d'ingurgiter quelconque nourriture mais je veux descendre et honorer mon hôte.

– Non. Nous devons partager ce repas avec eux.

Nous sortons de la chaleur de l'édredon alors que je frissonne sous le manque, douloureux, de sa peau. J'enfile son pull, toujours trop grand, roule une paire de chaussettes sur mes chevilles et tente de discipliner mes cheveux qui persistent dans leur rébellion, sous mes solaires. Mon maquillage a disparu avec les diverses émotions. Mes yeux boursouflés mangent mon visage pâle. Une irritation vive picote mon entrecuisse après les passages successifs de cet homme. Je partirai avec cette sensation, marquée jusque dans ma chair, qui me rappellera l'intensité de nos ébats. Je hausse les épaules, résignée devant mon image dans le miroir alors que mes pendants s'agitent joyeusement à mes oreilles.

Les doigts enlacés, nous descendons en cuisine. Comme la veille, tous sont attablés autour du chef et nous nous installons à nos places attitrées.

– Bonsoir, je lance à tout ce petit monde.

– Bonsoir, répondent-ils.

Une gigantesque paella joliment décorée de crevettes et de moules crâne au centre de la table. D'ordinaire, elle m'aurait fait saliver mais là, j'ai l'estomac complètement noué.

Son père ne questionne pas sur la teneur agréable de la journée, comme à son habitude, connaissant l'aboutissement. Le dîner est convivial et chaleureux. La nourriture abondante. Tous y vont de leur petite anecdote rigolote et le gamin se trouve régulièrement le bouc émissaire favori de leur humour récurent. Mon amoureux tente de participer sous une attitude fardée. Je suis présente mais parfois loin dans mes pensées et grignote à peine. Même mon amoureux qui d'ordinaire dévore, se contentera de picorer. Nos mains se rejoignent souvent en secret sous la table et il m'épie régulièrement surveillant mon vague à l'âme.

– Demain, vous retrouvez votre fils et votre famille, lance son père d'un ton sympathique.

Mon amoureux me regarde surpris d'apprendre que j'ai un enfant.

– Oui, je réponds en souriant brièvement.

– Tu nous l'as ensorcelée la p'tite là ! J'ai connu des otages plus emballés d'être relâchés ! s'exclame le black, fier de sa bêtise.

Le gamin rit comme un connard et j'ai envie de faire un remake de la gifle que je lui ai déjà balancée. Mais je dois me rendre à l'évidence, le black a parfaitement raison et je devrais me sentir honteuse de ma réaction. Mes proches sont un acquis, toujours présents et fidèles à leur poste, alors que lui je vais le perdre à jamais. Ma culpabilité est plus qu'enterrée, elle est déjà désagrégée. Quant à mon amoureux, il fixe son assiette, silencieux.

– Ça, c'est l'effet…

Le gamin s'arrête net prenant conscience de la connerie qu'il allait sortir : prononcer son prénom. Tous restent figés et suspendus à ses lèvres tandis que ses grands yeux bleus passent en une fraction de seconde de mon amoureux à son père.

– J'suis désolé, j'aurais pas dû vous taquiner ainsi, s'excuse le black, embarrassé. Et ne vous méprenez pas, vous êtes notre premier otage.

Je hausse les sourcils sous cet aveu, un sourire en coin. Dois-je considérer ceci comme un privilège ? À l'heure d'aujourd'hui je répondrais que oui. Finalement j'y ai gagné au change et pars sans remords, aussi fou et inconcevable que cela puisse paraître.

– Ce n'est rien, en d'autres circonstances, j'aurais autant rigolé que ce petit écervelé, dis-je en pointant le gosse du menton.

Tous ricanent de ma petite vanne alors que le gosse tire la gueule, vexé. J'ai envie de le chouchouter pour me faire pardonner mais me souviens soudain qu'il m'a braquée, je garde donc sagement la balle dans mon camp. Le repas s'achèvera sous une montagne de churros sucrés après que le père de mon amoureux ait jeté la quasi-totalité de mon assiette à la poubelle. Je bafouille des excuses :

– Pas grave, conclut-il.

Je goûte la moitié d'une pâtisserie et mon amoureux termine le reste. Notre repas sera définitivement succinct ce soir. C'est d'autre chose dont j'ai faim et la nuit nous attend, impatiente.

*

Viens le moment redouté des adieux avant de remonter à l'étage. Son père me tend pudiquement une main que je serre tandis qu'il la recouvre de sa seconde. Son regard s'arrête sur le bracelet que je porte et un petit sourire se dessine sur ses lèvres.

– Prenez soin de vous, me dit-il.

Je sens toute la force de cet homme dans cette poignée de main chaleureuse. J'ai les larmes aux bords des yeux tant l'instant est solennel.

– Prenez soin de lui, s'il vous plaît, je réponds.

Un doux sourire traverse son visage :

– Toujours.

Nous nous scrutons un instant et les mots sont à présent inutiles. Plus besoin de développer, nous nous comprenons, nos regards parlent pour nous. Puis il lâche ma main qui glisse jusqu'au bout de mes ongles dans la sienne. Le black s'approche et me surprend d'une bise amicale.

– Allez, une p'tite bise pour mon otage préférée !

Je ris tant ses propos sont décalés. Mes joues s'enfoncent dans les siennes, moelleuses, tandis que je m'étire en appui sur la pointe des pieds. Cet homme est gigantesque et cet élan affectueux colle parfaitement au personnage. Puis arrive le gosse, timide et embarrassé, ne sachant pas quelle attitude adopter. Je lance un : « Sans rancune ! » amical et l'accueille contre moi. Ses bras s'enroulent immédiatement autour de ma taille et il niche son visage dans mon cou alors que je chuchote à son oreille :

– Prends soin de toi.

Je réalise, émue, combien cet enfant a dû manquer de tendresse tandis que je le berce doucement. Ce sont les yeux embués que nous nous séparons, mettant un terme à ces adieux poignants.

Je regarde une dernière fois le visage de chacun de mes bourreaux afin qu'ils restent intacts dans mes souvenirs. J'espère qu'ils trouveront la paix et l'absolution là où ils seront bientôt. C'est solidement accrochée à mon amoureux que je monte à l'étage, le cœur lourd.

*

– Ça va ? demande-t-il alors que je suis assise sur le lit, pensive.

– Oui. Les adieux c'est pas mon truc.

– Moi non plus, répond-il.

Ses cheveux dégringolent joliment autour de son visage envahi par sa barbe. Ses traits sont tendus ce soir et ses yeux verts cernés mais ils brillent sous la lumière tamisée de la lampe de chevet. Je ne me lasserai jamais de regarder cette beauté troublante. Je n'aurais jamais pensé être encore dans la capacité de ressentir de tels sentiments, forts et exacerbés, pour un homme. Pourtant aujourd'hui, je les porte de nouveau en moi et de façon évidente. Le destin peut être d'une immense générosité autant qu'il peut s'avérer cruel et j'ai pris dans une simplicité probante ce qu'il avait à me donner. Je rentre sans regrets, sans remords ni quelconque amertume, cet amour, je l'aurai vécu pleinement et jusqu'au bout du possible. Je sais de façon inexplicable mais pourtant indéniable que cet homme m'aime de toute la pureté et la sincérité du sentiment qu'est l'amour. Notre histoire aussi rocambolesque puisse-t-elle paraître a trouvé son sens et s'est emboîtée dans un mélange d'évidence et de perfection. De nos échanges anonymes au *Private*, à ce soir.

– Viens.

Il m'entraîne dans la salle de bains et règle l'eau à bonne température alors que je me brosse les dents. Je retire mes pendants et effectue les gestes habituels de mon rituel quotidien. Je réalise subitement que je n'ai pas fumé une seule cigarette aujourd'hui et ça ne m'a pas manqué. J'anticipe peut-être inconsciemment une consommation excessive des jours à venir. Ma drogue est encore là, juste à côté de moi pour l'instant. Il découvre son corps, retirant son tee-shirt alors que ses cheveux tombent en une masse épaisse sur ses épaules. J'ai hâte de parcourir cette musculature unique et l'impatience se ressent jusqu'entre mes cuisses. Puis, il m'ôte mon pull, mon tee-shirt et mon caleçon jonche le sol. L'eau chaude coule sur ma peau dans un réel soulagement tant mon corps est tendu et courbatu sous le poids de la tristesse. Il me masse longuement, les mains savonneuses, s'égarant parfois sur mes courbes sensibles et réactives. Je perçois contre mes fesses l'envie qui naît en lui. Son corps forme un rempart, tel un bouclier contre ce monde qui m'attend.

*

– Alors tu es Maman ?

Il soulève le sujet, séchant ses cheveux d'une serviette. Dans la salle de bains flotte une épaisse vapeur mêlée aux effluves odorants du gel douche.

– Oui, mon fils a 20 ans, je réponds alors que je me vois à peine dans le miroir embué.

– Et son père ?

– Quelque part sur cette terre.

Il ne questionne pas d'avantage mais je vois qu'il reste turlupiné. Je le connais bien mieux à présent et sais interpréter les émotions qui traversent son visage expressif.

– Quoi ?

Il est magnifique les cheveux mouillés partant en tous sens, piquant sa barbe compacte alors que son regard me pénètre jusqu'au cœur.

– Je suis désolé de lui faire vivre toute cette merde, affirme-t-il d'un ton sec, en colère contre lui-même.

– Chaque personne que vous croisez est une mère, une sœur, une amie. Et l'entourage est exposé aux conséquences du traumatisme.

Il m'écoute scrupuleusement tandis qu'il brosse sa chevelure maintenant plaquée, lui donnant un air de mafioso ténébreux.

– Nous ne pensons pas à ces choses-là, cela rendrait la tâche plus difficile.

Je grimace sous cet aveu mais au fond je le savais. Ce mec est tellement doux et généreux, de quelle manière arrive-t-il à conditionner son cœur en pierre dans ces moments-là ?

– J'espère réellement que vous vous tracez un monde meilleur dans la nouvelle vie qui se présente à vous. Aucun d'entre vous ne mérite de se saborder ainsi. Vous n'êtes tellement pas ça…

Je termine dans un soupir à peine audible tant ma gorge est serrée, empêtrée de cette masse volumineuse qui ne cesse d'accroître.

– Comment fais-tu pour toujours voir le meilleur même dans l'être le plus infâme ?

Son regard éperdu me trouble encore davantage tandis qu'il caresse tendrement ma joue. Son sourire est las, éreinté, abattu. J'ai percé la noirceur qui tapisse son cœur comme un bouclier impénétrable contre les sentiments et elle se déverse l'écrasant de tout son poids, l'obligeant à affronter cette réalité tant niée.

– Je sais qui tu es. Et tu n'as rien d'infâme. Tu es cet être merveilleux qui fait battre mon cœur.

Je pleure encore, retournée et foudroyée par toutes ces émotions qui gravitent en moi devant cet homme à la carrure puissante mais si vulnérable.

– Je t'aime, Alexandrine…

Ses yeux verts, profonds et intenses laissent échapper des larmes qui se répandent sur ses joues imprégnant sa barbe dense. Ces mots tintent à mes oreilles tel le son doux et chantant d'un carillon sous le vent léger. Jusqu'alors je n'en ai jamais douté mais de l'entendre le prononcer, désarmé et dominé par ce que son cœur lui dicte et libère, me submerge et je bascule dans le bonheur d'aimer jusqu'à la folie. Il attrape mon visage alors que mes bras l'entourent et nos lèvres se rejoignent. Elles s'entrechoquent violemment dans un baiser fougueux, presque douloureux tant il est appuyé. Il me soulève dans les airs et j'enroule mes jambes à ses hanches alors qu'il me transporte jusqu'au lit. L'édredon m'accueille de tout son moelleux. Il dénoue brutalement la serviette qui me couvre et la balance au sol. Ses yeux étincellent littéralement devant mon corps nu et frémissant alors qu'il déverse son suc sous le poids écrasant du désir. Il s'agenouille et trouve refuge entre mes cuisses, sa langue tourmente, acharnée, mon clitoris et explore ma fente mouillée. Je m'agite et remue sous ce supplice délicieux alors que je mords mon index afin de réprimer les effets ravageurs de cet assaut dévastateur.

– Prends-moi…

Ces mots ne sont qu'un grognement guttural.

Mon cœur explose à chaque battement dans ma poitrine. Il se redresse et ses yeux pénètrent les miens, j'y succombe et m'abandonne à cet homme alors que délicatement il s'allonge sur moi. Nos souffles se mélangent tandis que nous nous contemplons, énamourés. Je flotte dans un paradis, notre paradis, que nous avons construit et qui n'appartient qu'à nous. Ma main trouve son sexe, ferme et robuste et le guide impatiente quand il surgit en moi, me coupant le souffle. Il remue en moi, prend ses droits et scelle son territoire dans un mouvement franc et régulier du bassin. Puis, basculant légèrement sur ma cuisse, il libère mon clitoris qu'il étreint lentement, me hissant inexorablement vers l'assouvissement. Je jouis dans un orgasme foudroyant sous son regard insolent et fier de son accomplissement. Il me sourit angélique tandis qu'il me laisse reprendre mon souffle. Sinueusement, graduellement, ses hanches reprennent leur cadence divine. Il jouit à son tour, explosant, gémissant et perçant ma chair de ses ongles. Mais ne renonçant pas, dans notre désir intarissable, nos corps mélangés et acharnés, nous puisons insatiables, encore et toujours plus de l'autre. Et c'est ainsi, bercés par l'éternité qui a abdiqué laissant s'échapper la maîtrise du temps que nous nous aimerons, tendres et passionnés, jusqu'au bout de la nuit. Nos corps trop épuisés pour gagner les hauteurs suprêmes mais éperdus de cette félicité. Malgré une lutte tenace, c'est éreintée que je m'endors la tête posée sur les battements de son cœur.

Jour 5, samedi

Je m'éveille en sursauts. Il n'est pas auprès de moi. Le soleil se lève à peine, encore timide derrière les volets entrouverts. Je me redresse d'un bond et constate que les valises alignées au sol il y a encore quelques heures, ont disparu. Mon cœur est soudain pris dans un étau puissant et ma respiration s'affole. *Mon dieu, non.* Je sors immédiatement du lit, cherche à tâtons mes vêtements que je ne trouve pas mais chope la serviette qui gît toujours sur le parquet et m'enroule dedans. Je cours à la porte, dévale les escaliers et manque de tomber. Je supplie une puissance céleste qu'il ne soit pas parti. Le salon et la cuisine sont vides. Rien n'y traîne. Seule une odeur de tabac flotte encore dans les airs. L'écran est éteint et un silence de plomb règne dans la maison. Les larmes affluent, brouillant ma vision. J'étouffe.

– Non ! Non, mon dieu, non. Je vous en supplie, non !

Les mots déchirent ma gorge tandis que je secoue la tête, refusant d'affronter cette réalité trop violente. *Le garage.* Une infime lueur d'espoir me traverse. Je dévale les escaliers qui mènent au sous-sol. J'ouvre la porte et les néons s'éclairent. Rien. Les trois voitures ont disparu aussi. Mes pieds sont gelés et je grelotte presque nue dans cette pièce totalement vide et froide. Rien. Il ne reste plus rien de leur passage dans cette maison. La réalité dévale sur moi de toute sa lourdeur et je m'effondre sur les genoux, sous cette douleur qui foudroie mon corps. Mon cœur gît en fragments sanglants devant moi. Je crie et hurle mon désespoir et le manque de lui. Je reste ainsi je ne sais combien de temps, recroquevillée, à sangloter, libérant mon chagrin.

Puis, je me relève, telle un zombie, remonte les escaliers jusqu'à la chambre. Je m'écroule sur le lit, cherchant désespérément son odeur sur les draps. Je presse son oreiller contre moi, le respirant inlassablement, dans une quête incommensurable de retrouver le moindre résidu. Je me contenterai du plus infime fragment. Mes cris déchirent le silence de cette maison, remplie de son absence. Elle m'est soudain devenue étrangère. Je pleure et pleure encore, recroquevillée sur ce lit, témoin de nos ébats amoureux et enflammés. Je pleure son départ auquel je m'attendais mais définitivement trop douloureux et lourd à porter.

Je me lève. Tape le lit. Entre dans la salle de bains et prends une douche. Les dernières traces de son passage sur moi disparaissent, emportés par les flots. Je me sèche et renfile mon costume d'otage. Tel un robot, j'effectue chaque geste et chaque mouvement. Je me coiffe et cale mes lunettes de soleil sur ma tête. Je ne me maquille pas : il disparaîtra. Mais j'enfile mes pendants qui n'ont plus le même éclat. J'aperçois mon reflet dans le miroir : mon teint n'a jamais été aussi pâle et mes yeux ne sont plus que deux billes écarlates. La lumière qui les animait quand il se trouvait auprès de moi, s'est échappée avec lui. Je range mes affaires dans mon sac à dos et celles qu'il m'a acheté, dans l'armoire. J'obéis scrupuleusement aux ordres donnés. J'enfile mes boots, ma veste et mon sac à bandoulière puis sors de la pièce. Je reste quelques minutes, plantée devant l'entrée à la contempler. Chaque instant vécu avec lui ici, défile devant mes yeux en un diaporama éblouissant. Puis je ferme la porte. Je gagne le salon et prends place sur le divan dans la pénombre des volets entrebâillés. J'attends ainsi, prostrée. Mon corps et mes pensées sont engourdis et ankylosés par ce mal trop vif. Je n'ai soudain plus la force de pleurer alors que ma gorge reste nouée par cette masse encombrante qui m'asphyxie. Mon souffle est étrangement lent, presque imperceptible dans ce néant. Me voilà, prête à rentrer chez moi mais accablée par la tristesse de laisser derrière moi cette histoire extraordinaire.

La porte s'ouvre et un homme entre.

– Bonjour, dit-il d'une voix guillerette.

Je souris vaguement mais ne peux ouvrir la bouche. Il s'approche et grimace sous ma mine défaite.

– Je suis votre chauffeur !

Sa voix enjouée tente de briser l'atmosphère glaciale.

– Ça va ? demande-t-il enfin, inquiet.

Je hoche la tête pour toute réponse.

– Allons, faut pas se laisser aller comme ça.

Cet homme porte la gentillesse sur son visage malgré ses traits durs et burinés par le soleil. De larges sourcils touffus surplombent des yeux noirs. Ses lèvres sont fines, sa bouche pincée et une épaisse cicatrice fend sa mâchoire. Ses cheveux blancs, longs et lisses sont rassemblés en une queue-de-cheval basse. Il est grand avec une carrure imposante, un ventre proéminent et doit avoir la bonne soixantaine. Malgré la fraîcheur douce, il porte un short et un tee-shirt sur des sandales de cuir.

Je hoche de nouveau la tête, affichant un sourire crispé. Je ne peux définitivement pas émettre de son. Si je l'ouvre, je dégueule mon cœur à vif.

– Vous avez bien rassemblé toutes vos affaires ?

Il scrute mon sac à dos, posé à mes pieds et je réponds encore de la même façon.

– Je fais le tour de la maison et on y va.

Il s'engouffre dans la cuisine tandis que je garde ma place, inerte, alors que seuls mes yeux le pistent.

Puis, ses pas lourds résonnent dans l'escalier tandis qu'il monte à l'étage.

Pourquoi, mon dieu, pourquoi ne m'a-t-il pas réveillée ? Il m'a quittée sans un adieu. Je ressasse mon amertume tandis que je triture mes doigts. Aurais-je été réellement capable d'affronter ce moment sans m'effondrer ou tenter de la retenir ? Je connais la réponse et cela répond à ma question. Cette nuit, nous avons passé des heures à nous dire adieu en nous aimant éperdument, vivant chaque seconde comme si c'était la dernière. Cette histoire extraordinaire n'aurait pas pu s'achever sur des mots si ordinaires. Il nous a protégés en agissant ainsi, même si cette absence radicale me torture à présent.

– On y va, Mademoiselle ?

L'homme se tient debout, devant moi, un sourire sympathique pendu à ses lèvres. Je me lève et vacille soudainement.

– Roo, grogne-t-il.

Il me récupère par le bras et me soutient fermement alors que nous rejoignons le sous-sol où sa voiture est garée. J'ai des vertiges et la nausée. Mon corps entier est courbatu et éprouvé. Je monte à bord du véhicule, un 4x4 Hyundai gris métallisé où un parfum fleuri règne. Il est immatriculé au Maroc. Cet homme vient de loin afin de remplir sa mission. Je boucle ma ceinture pendant que l'immense porte s'ouvre. Nous rejoignons la civilisation en mouvement alors que la lumière du jour m'éblouit. Je quitte ma cage dorée et la regarde s'éloigner progressivement sous la distance. Je glisse mes solaires sur mon nez car la clarté m'agresse et m'agace. Mes yeux bouffis et tuméfiés ne peuvent pas lutter. Recroquevillée dans ma veste, le paysage défile alors que je ne le vois même pas. Puis, nous longeons la côte et la plage m'interpelle. Notre plage qui s'éloigne de moi, elle aussi. Tout restera définitivement ici, et seuls mes souvenirs me suivent. Je contemple les breloques du bracelet qui pendouillent gaiement, accroché à mon bras. Non, lui vient avec moi. Son énumération bouleversante, donnant un sens à ces petits objets brillants me revient en tête : « Parce que tu seras toujours là… », avait achevé sa description.

Lui aussi sera toujours là, en moi, ancrée dans mon cœur et mes pensées. Jour après jour. Cet organe qui tape ma poitrine est suffisamment grand pour porter les hommes que j'ai perdus.

– J'ai quelque chose pour vous, lance l'homme tandis qu'il allume la radio.

Une voix stridente sort des enceintes et il change immédiatement de station. L'homme qui déblatère à présent, est plus agréable à écouter même si je ne comprends toujours pas le castillan. Ma curiosité tourne au strict ralenti aujourd'hui car je relève à peine ce qu'il vient d'affirmer. Il fouille la poche arrière de son short et tire une enveloppe qu'il me tend.

Subitement, mon cœur implose littéralement tandis que j'ouvre le pli. Les larmes refont surface, brouillent ma vue et je les écrase d'un revers de la manche. Je reconnais bien cette écriture fine aux courbes gracieuses :

« Alexandrine, ma douce Alexandrine,

Pardonne-moi, je t'en prie. Je suis lâche. Je ne peux pas affronter nos Adieux.

Tu es ce que j'ai connu de plus beau. Une personne sincère et un être rare. Tu m'as rendu meilleur.

Merci d'être toi. Merci de m'aimer ainsi et de m'avoir fait découvrir ces sentiments insoupçonnés. Continue à briller pour moi, parmi les étoiles.

Je t'aime. JDJ. »

Les pleurs déferlent sur mes joues tandis que je tiens ce papier entre mes doigts. Ces mots qui lui ressemblent, me bouleversent. Même loin, il parvient encore à me toucher. Je le lis et le relis de nouveau. Il me manque. C'est terrible comme il me manque. Je le ressens jusque dans mes tripes et son absence est insoutenable.

*

Nous roulons des heures durant, parcourant le chemin inverse. L'homme qui m'accompagne est prévenant et compréhensif. Après avoir tenté de m'alimenter au cours d'une pause où la seule chose que j'ai pu consommer est une cigarette, il me laissera murée dans mon silence. Puis, nous passons une frontière, qui n'en a que le nom tant ces petites cabanes sont dépourvues et désertes et je sais que je suis bientôt arrivée au terme de ce voyage. L'homme se gare et s'arrête dans une ruelle. En face, une large montée d'escaliers bordée de pots de fleurs de diverses couleurs et de plantes grasses, surplombée par une enseigne tricolore Police Nationale. Voilà, j'y suis. Cette aventure est bel et bien terminée.

L'homme tend une main :

– Je suis désolé, vous allez être fouillée.

Je comprends immédiatement ce qu'il me réclame. *Mon dieu, non.* Ces mots, je veux encore les parcourir. Il me berce de tendresse et de son amour. Mais je n'ai pas le choix, l'homme a raison et je dois m'y résoudre. Après l'avoir parcouru une dernière fois, je lui rends. En serrant les dents car mon cœur menace de partir avec.

– Ça va aller ? demande-t-il inquiet.

Ma manière de communiquer aujourd'hui ne se résume qu'à de brefs hochements de tête, si ce n'est un minuscule « Merci », lâché du bout des lèvres.

– Je vous en prie. Prenez soin de vous surtout.

Je souris légèrement de cette gentillesse en quittant le véhicule. Armée de mon sac à dos sur l'épaule, je rejoins ma vie tandis que je crève à petit feu sans lutter. Mon monde est terne sans lui car j'ai perdu ma lumière. J'avance et mes pas sont lourds, comme lestés du chagrin qui m'emplit. La boule dans ma gorge a un goût amer. L'étau qui enserre mon cœur est toujours en place alors que ses mâchoires le cramponnent fermement. Un vent léger caresse ma peau qui me pique et mes yeux toujours cachés par mes lunettes de soleil, me brûlent malgré les larmes qui reviennent. Je fais face aux marches qui me paraissent insurmontables. J'en monte une première et vacille de nouveau. L'espace autour de moi se réduit considérablement tandis que je me trouve confinée dans une sorte de chemin sombre et ténébreux. De multiples petits points blancs gigotent joyeusement dans l'ombre. Je prends une profonde inspiration tentant ainsi d'apaiser ma respiration trop rythmée. Je gravis une seconde marche mais à présent l'équilibre m'abandonne et je tombe à genoux alors que mon sac à dos roule au sol. Je suis soudain aux prises de hauts-le-cœur, acides et brûlant mon œsophage alors qu'en appui sur les bras, je suffoque sur ces marches. Ma vue se brouille et le vent n'est plus qu'un souffle glacial. Engourdie, une masse dense et gluante m'absorbe progressivement. L'angoisse me domine et me soumet à son exigence.

– Madame ! Madame !

Une voix inconnue et grave m'interpelle mais je ne cerne pas d'où elle provient. Quelqu'un me touche le bras, puis le visage. Je ne distingue plus rien, si ce ne sont ces filaments brillants qui grouillent inlassablement. Mon crâne va exploser tant j'ai mal. Des voix bourdonnent autour de moi mais sont complètement écrasées par les battements de mon cœur qui résonnent en moi dans des déflagrations sonores et régulières. Je hais l'amour car il est toujours plus fort que moi. Et me terrasse encore aujourd'hui. Dans un dernier instinct de survie avant de sombrer définitivement dans la noirceur qui m'engloutit, c'est Franck que j'appelle.

Remerciements

Tout d'abord, je remercie sincèrement mon mari. De m'avoir laissé errer dans ma bulle. De cette patience exemplaire et ce soutien inconditionnel, jour après jour. Merci à mes loulous, d'avoir dès le début soutenu ce projet et d'avoir su tempérer leur curiosité. Je remercie également les membres de ma famille, mes amis et mes proches, pour leurs mots d'encouragement et pour cet engouement autour de ce roman. Un clin d'œil particulier à ma grosse (et oui, elle existe, à sa façon !), ma première lectrice de brèves scènes, d'être éternellement présente dans le meilleur comme dans le pire et ce depuis toujours. Merci à toi J.F. (bah oui, lui aussi !) d'être là. Vous êtes une intarissable source d'inspiration ! Je souhaite remercier aussi toutes ces personnes qui ont fait et qui font partie de ma vie, qu'elles aient conscience ou non de leur rôle auprès de moi, et qui m'enrichissent de leur présence. Certains se reconnaîtront, d'autre non mais je les remercie tout de même. Et je remercie également les internautes, de très belles rencontres parfois, qui m'ont soutenue sur la toile.

Ensuite, je remercie très chaleureusement mon éditeur, l'équipe de Publishroom, sans qui je n'aurais pas fait ce chemin aujourd'hui. Notamment Sabrina, qui a cru en moi. (Merci ! merci ! merci !) Nicolas, Anaëlle, Astéline, Audrey et Christelle pour cette collaboration et cette sollicitude étroites. Une équipe formidable et professionnelle accompagnant mes pas dans cette univers que je découvre, émerveillée.

Mille mercis à Mathieu qui m'a offert cette si belle illustration de couverture, et pour ce travail remarquable et acharné.

Merci à toi, Maëlle, pour tes clichés de véritable professionnelle.

Je remercie aussi Sleeping at Last, A Great Big World et Christina Aguilera d'avoir porté de leur voix majestueuse, mes heures et nuits d'écriture.

Pour terminer, je remercie infiniment mes lecteurs qui ont parcouru mes lignes. Ce roman est une véritable partie de moi que je vous livre aujourd'hui. De l'écrire m'a passionnée, exaltée, emportée troublée parfois et malmenée aussi mais c'est dans un bonheur intense que je partage avec vous l'histoire d'Alexandrine, son amoureux cagoulé, Clarisse et Franck. Je vous attends déjà, impatiente, afin de vous laisser découvrir le second tome.

Très amicalement,

Cendrine Roca.

Retrouvez l'auteur sur sa page Facebook :

https://www.facebook.com/
Cendrine-Roca-Auteure--711149665706212

Sauvez
UN ÉCRIVAIN
Dévorez
UN BOUQUIN
publishroom
www.publishroom.com

Couverture et mise en page : Nicolas Faucheron
Dépôt légal : mars 2017

Illustration de couverture : © Mathieu Sgro
Photographie de l'auteur : © Maëlle Gallet

Achevé d'imprimer par CPI
N° d'impression : 140953
Imprimé en France

CR